追放したくせに、もう遅いです！
捨てられた幼女薬師、実は最強でした2

佐藤三

目次

Main Character

異世界
転生した幼女薬師
エリー

もとはブラック企業に勤めるOL。
過労がたたり死亡、異世界に転生する。
親に捨てられパーティーの薬師として
懸命に働いていたが、
能力だけを搾取され、
ある日あっけなく追放されてしまう。
途方に暮れていたところを
リュウリに拾われ、
小さな薬局を営むことに。

クールな
S級竜騎士
リュウリ

竜・リードを操る最高位の騎士。
魔獣に襲われ
瀕死状態だったところを、
エリーのポーションによって救われる。
普段はクールだが、
エリーには何かと
過保護に尽くしてくれる。

謎のもふもふ
ペン

リュウリが経営を引き継ぐことに
なった薬局に住み着いていた
デブ猫。なぜか関西弁で
人間の言葉を喋る。自称
“ペンドラゴン”(伝説の勇者)
だが真偽は不明…。
好物は猫缶スペシャル。

猫嫌いな王女の
飼い犬
プリン

エリーが医療視察に
行くことになった国の
王女・マリンが飼っている犬。
圧がすごいが
人懐こい。

追放したくせに、もう遅いです！ 捨てられた幼女薬師、実は最強でした 2

謎の男 ジン

エリーとペンが
街で絡まれたゴロツキ。
マリン姫からの書状を届けに
隣国・レイナスから
やってきた。

フードの男 キイス

ジンと行動を
ともにしている謎の男。
顔の半分を覆うように
フードを被る。
何やら訳ありのようで…。

マリン

レイナスの第一王女。
愛犬のプリンを溺愛している。
猫嫌いで、
国民にも猫を飼わないよう
強いている。

聖女・リリア

エリーが
元々いたパーティー
"緋色の風"の聖女。
唯一エリーのことを
気にかけてくれる味方。

ヨーク

国王・ザンガスの息子で王子。
キレ者だが病弱。
エリーの作った
ポーションを
信用している。

ルイ

竜騎士団の副団長。
眼鏡クール男子。
いつも冷静だが、
部下のサイとはしばしば
言い合いに。

エイト

第五地区の領主の息子。
彼岸キノコを
食べてしまったところを
エリーのポーションで
救われる。

カダル

義眼の竜医。
表情や仕草に
まったく温かみがなく、
組織や人に
属することを嫌う。

レイア

城の周辺に住んでいる
有力貴族。
十年前に家出し
今だに戻ってない
娘・リリィがいる。

第一章　旅立ちの春

「なあなあエリー、わいの武勇伝聞きたいか？」

感染症騒ぎから一ヶ月経ったとある春の昼下がり、私が魔法薬のレシピを考えていたら、ペンがそんなことを尋ねてきた。ペンは豊かな毛並みと丸々した体を持つ猫で、なぜか関西弁を話す。自分の考えに集中していた私は、気のない口調で答える。

「武勇伝って？」

「わいがペンドラゴンやったから、武勇伝や。その昔、わいが美しい青年だった頃、悪い魔女がわいを独占するために、呪いの剣で封印しようとしてきてな。わいは機転を利かせてそこを切り抜けたんや」

「へえ〜、すごいねえ」

ペンの嘘か誠かわからない言葉を聞きながら、私は作業を進めた。私のそっけない対応が気に食わなかったのか、足もとにいたペンはテーブルによじ登って、目の前にごろんと寝転がってきた。

「冷たいやんかエリ〜。もっとかまえー」

「私は仕事してるのよ」

「子供が仕事中毒になってどうすんねん」

私はペンの下敷きになった羊皮紙を引き抜こうとした。はたから見たら、九歳の少女が飼い猫に邪魔されているようにしか見えないだろう。

しかし、ペンは普通の猫ではないし、私は普通の子供ではない。私は日本で育った二十代後半の女で、不慮の事故で死亡し、この世界に生まれ変わった。ペンは伝説の竜騎士?らしく、訳あって猫の姿をしているらしい。

私は以前勇者パーティーにいたが、薬師というよりただの雑用としてこき使われていた。パーティーを追放された私は、ペンと一緒にリアン王国のギルド街の端っこに位置する『ドラゴン薬局』を営業しているのだ。

ペンの大きな体をどかそうとしていたら、カランカランとドアベルが鳴った。あ、お客さんだ！　私はスツールから下りて、店の出入り口へと駆けていく。店の入り口に立っていたのはふたりの男だった。ひとりはおそらく三十代で、もうひとりは二十代前半くらいだろうか。

「いらっしゃいませ」

私が声をかけると、年かさの方が口もとを緩めた。よく日に焼けており、がっしりした体つきで、片目に眼帯をしている。おそらく剣士なのだろう、腰には大きな剣を下げていた。

「かわいいおじょーちゃんだな、なあ、キイス」

「ジン、こんな店で暇をつぶしている時間はない」

二十代前半の男がぼそりとつぶやいた。こちらは対照的に細身で色白、痩せ型だ。季節は四月、気持ちのいい陽気だというのに目深にフードをかぶっていて、雰囲気が殺伐としていた。

フードから覗く鋭い目に私が怯えていると、ジンと呼ばれた男がニヤニヤと笑った。

「悪いな、お嬢ちゃん。こいつ目つきが悪いんだよ」

キイスと呼ばれた青年は、じろりと隣の男を睨んだ。

「俺の話を聞いてるのか、ジン」

「はいはい、わかってるよ。えーと……」

「エリーです」

「エリー、親御さんはいつ帰ってくる？ ちょいと薬を調達したいんだけどな」

「あの……ここ、私の店なんです」

私がそう言うと、ジンが目を丸くした。

「うっそだろ。お嬢ちゃんの店？ へえええぇ」

無言で踵を返したキイスに、ジンが声をかけた。

「おいキイス、どこに行くんだ」

「ガキしかいない店でなにが買えるってんだ」

「なんでもあります、お探しの物をおっしゃってくだされば……」

慌てて口にしたけれど、キイスに睨みつけられて、声がだんだん小さくなっていく。キイスは怯える私に背を向けて、さっさと店を出ていった。ジンは私に目配せし、「じゃあな、お嬢ちゃん」と言って去っていった。テーブルの上で丸まっていたペンが起き上がり、視界から消えたふたりに対し毒づく。

「なんやあいつら。感じ悪っ」

「仕方ないよ。旅人みたいだったし……」

街に住んでいる人と旅人では雰囲気が違うので、すぐわかるのだ。

この国は全体的に大きな森が広がっていて、デルタ地区と呼ばれる開拓地が点在している。多くの旅人はパーティーを組んでデルタ地区付近に生息する魔物を倒し、王都とほかの地区をつなぐことで生計を立てているのだ。

それにしたってお腹がすいたなあ……。メロンパンでも買いにいこうかな。たしか、三時になると焼きたてのパンが陳列されるのだ。


行きつけのパン屋、『プリオール』に向かうと、パン屋の夫妻が忙しそうに立ち働いていた。声をかけると、赤ちゃんを抱っこひもで背負った奥さんが、私の方に注意を向ける。彼女は顔をほころばせ、こちらにやって来た。

「あら、エリー。メロンパンを買いにきたの？」

「はい、そうなんです」

店内には焼きたてパンのいい匂いが漂っていた。

奥さんはまだ温かいメロンパンを紙袋に入れて、私に差し出してくれた。私は紙袋を受け取って店内を見回す。プリオールは人気のパン屋さんなので、いつも繁盛しているけれど、今日はとくにお客さんが多い気がした。

「なんだか忙しそうですね」

「今日は復活祭だからね」

奥さんの言葉に、私は壁に書かれている暦に視線を向けた。そうか、今日は一年に一回訪れる、邪神に殺された女神の復活を祝う日なのだ。かつてこの国には魔法を統べる四人の女神がいたが、竜の姿をした邪神に襲われ壊滅状態になった。女神は消息を絶ち、世界は暗黒に包まれ長く冬が続いたが、勇者が伝説の剣を用いて邪神を封印し、女神たちが復活した。それが復活祭の日の由来である。

私は奥さんの背中で眠っている赤ちゃんの顔を覗き込んだ。

「こんにちは、マナ」

私はマナのもちもちしたほっぺをつついた。マナはむにゃむにゃと言いながら、私の指をきゅっと握りしめた。この子の顔を見ていると癒やされる。私でさえそうなんだから、親御さんにとっては天使のような存在だろう。

奥さんはマナの反応を見て愛おしそうに頬を緩める。

「これから予定はある？」

奥さんの問いに、私はかぶりを振った。お祭りをやっているからなのか、今日は朝から閑古鳥が鳴いている。変わった二人組が来たけれどすぐ帰ってしまったし。

奥さんは申し訳なさそうな顔で私に向き直り、拝むように手を合わせてきた。

「できればでいいんだけれど、ちょっとだけ手伝ってもらえる？」

「エリーには仕事があるだろう」

ご主人がぼそっとつぶやいた。

「いいですよ、お客さんも来ないし……」

「ありがとう。このパンを教会に届けてほしいの。メロンパンのお代はいいから」

奥さんが差し出してきたのは、かごに入れられた質素なパンだった。おそらく礼拝に使うものなのだろう。お使いくらい、お安いご用である。私はかごを手に教会へ向かった。


ギルド街を出てレンガ道をまっすぐ歩いていくと、鐘の音が聞こえてきた。この先を曲がると教会がある。

教会の敷地が見えてくると、子供たちの笑い声が響いていた。どうやら復活祭のイベントをやっているようだ。教会の庭には、女神をイメージしたものらしき、色とりどりの風船が飾られている。

私からパンを受け取った神父さんは、「君も参加していったらどうかね。皆、エッグを探しているんだ」と言った。

隠されたエッグを探すこの遊びも、復活祭にちなんでいる。邪神をイメージした黒いエッグはハズレで、赤、青、黄、緑のエッグは幸運をもたらすと言われていた。色とりどりのエッグを手にした子供たちは楽しそうに見えるけれど、一応私、中身は大人だし……。遠慮しておこう。

私は庭のベンチに腰掛け、子供たちを眺めていた。袋から取り出したメロンパンを食べると、優しい甘さが口の中に広がる。ああ、平和だなあ。

ほのぼのした気分でいると、教会の勝手口からリリアが出てきた。子供たちはリリアに近づいていって、我先にと見つけ出したエッグを差し出した。

リリアは以前、私と一緒に旅をしていた聖女だ。

ディアのパーティーが解散し、彼は国外追放となり、ほかのメンバーは散り散りになった。しかし、リリアはこの街に残った。今では教会で人々の助けとなるべく働いているとリュウリから聞いた。近いうちに教会に挨拶に行こうと思っていたが、なかなかタイミングがなかったのでちょうどよかった。

リリアは子供たちからエッグを受け取って、代わりにお菓子を配っている。私に気づいた彼女は、こちらを見て一瞬動きを止めた。私はリリアに近寄っていって挨拶をする。

「こんにちは、リリアさん」

「こんにちは、エリー……イベントに参加しにきたの？」

リリアは少し上ずった声で尋ねてきた。少し頬が赤らんでいるが、具合でも悪いのだろうか。

「いえ、パンを届けにきたんです」

私はそう言って、空っぽのかごを見せた。リリアはそう、と相づちを打って、視線を泳がせた。リリアはどうやら私に対して引け目を感じているようで、物言いたげな目でこちらを見つめた。私がパーティーから追放されたのは、リリアのせいじゃないのに。

彼女は袖をいじりながら、「よかったらお茶を飲んでいかない？」と尋ねる。遠慮したが、リリアがどうしてもと言うので、私はお言葉に甘えることにした。


彼女について教会に入ろうとしたら、なにかが私たちの目の前に立ち塞がった。視線を上げると、男がふたり立っている。この人たち、さっき店に来た旅人だ。

キイスはフードの下からじろりとリリアを見下ろした。

「この教会に聖女がいるって聞いてきたんだ。あんたのことか」

「そうですが……なにか」

リリアは私をかばうように立ち塞がり、硬い声で尋ねた。キイスの背後に立ったジンはひょいっとこちらを見下ろしてくる。

「あれ？　あんた、さっきのガキじゃないか」

「エリーに用があるなら、ここで話してください」

リリアが必死で言うと、キイスは冷たく返した。

「そんなガキはどうでもいい。あんたに話がある」

神父様を呼んだ方がいいだろうか。私が迷っていると、リリアが私を逃がすように背中を押してきた。そうして、キイスと共に歩きだそうとする。私は慌てて口を挟んだ。

「あの、私も行きます」

「子供はイースターエッグでも探してな」

彼は馬鹿にしたような口調で言って、リリアと共に教会の裏手へと去っていった。追いかけようとした私を、ジンが止める。

「やめといた方がいいぜ。あいつ怒ると怖いし」

「でも、きゃあ――」

ジンは私を担ぎ上げて歩きだした。私は慌てて足をばたつかせる。

「離してください！　人さらい！」

「おまえなんか連れてくくらいなら、さっきの美人をさらうよ」

けらけら笑いながら地面に下ろされて困惑していると、ジンは高々と右手を上げた。芝生に座ってお菓子を食べていた子供たちが、ジンに注目する。ジンは六人ほどいる子供たちを見回して言った。

「よーし、今から鬼ごっこをする。捕まらなかった奴にはいいもんをやるぞー」

「いいもんってなにー？」

「私、その眼帯が欲しい！」

子供たちはこちらに集まってきて、ジンを見上げた。

「景品はこれだ」

ジンは懐から出したおもちゃのコインを子供たちに見せた。あんなもの、欲しがると思っているのかしら。私はそう思ったけれど、予想に反して子供たちはみんな目を輝かせている。

「わーっ、ドラゴンコインだ！」

「かっこいい！」

ドラゴンコインってなんだろう。そう思って近くにいた男の子を見ると、彼は自慢げな顔で説明した。

「おまえ知らねーのかあ？　ドラゴンコインはベルナール社の限定チョコにしかついてこないレア物なんだぞ」

「は、はあ。そうなんだ」

よほどドラゴンコインとやらが欲しいのか、子供たちはジンが合図するなり、わーっと散っていった。ジンは懐中時計を取り出して、秒数を数え始める。

「いーち、にー……。おまえは参加しないのか、お嬢ちゃん」

「しません。私、帰ります」

そのまま歩いていこうとしたら、ジンが声をかけてきた。

「なあ、お嬢ちゃん、あの聖女様と知り合いか？」

「ええ、一時期一緒に旅をしていました」

「へえ……旅か。いいね」

私は振り向いてジンを見た。彼だってここまで旅をしてきたはずなのに。

「あなたと、キイスって人はリリアさんに会いにきたんですか」

「うーん、厳密には違うんだけれどね。あ、三十秒経ったから捜しにいくわ」

ジンはそう言って、子供たちを捜すため歩きだす。彼の言葉の続きが気になって、私はその後を追う。

「じゃあなにをしに来たんですか」

「ひ、み、つ」

人を食ったような言葉に眉根を寄せていたら、ジンがいきなり走りだした。彼はあっという間に、庭のあちこちに隠れていた子供たちを捕まえた。

「おまえらよっわー。コインはお預けだな」

「えーっ」

「ひどいよお」

勝ち誇った顔をする彼の前で、子供たちが泣きべそをかいている。私はあきれた顔でジンを見た。子供相手に大人げなくはないだろうか。コインくらいあげればいいのに……。

リリアとキイスが戻ってきたのは、ふたりが立ち去ってから数十分後だった。キイスは子供たちを泣かせているジンを見て鼻を鳴らす。

「またガキをからかったのか」

「いやあ、子供はおもしろいわ」

「いい大人がなにをやってるんだ。行くぞ」

キイスはそう言って、さっさと歩きだした。私はリリアに寄っていって尋ねる。

「キイスって人と、なにを話してたんですか？」

「癒やしの力があるかと尋ねられたわ」

「癒やしの力？」

「ないと答えたら、舌打ちされた」

リリアはそう言って肩をすくめた。

「がっかりするのもしょうがないわね。伝説の聖女と違って、私には魔力すらないから」

「私だってないです」

「あなたには薬を作る才能があるじゃない」

リリアに褒められるとなんだかうれしかった。照れていると、リリアがジンに尋ねた。

「あなたたち、宿はどうするつもりですか？　お金がないのなら、教会が無料で宿を提供しているけれど――」

「へーきへーき、金ならあるんだよ」

ジンはそう言って歩いていった。ジンはキイスになにかを話しかけているが、キイスは無視している。あのふたりってどういう関係なんだろう。親子には見えないし、友達と呼ぶほど親しそうにも見えない。

首をかしげていると、リリアが尋ねてきた。

「ところでエリー、あのふたりと知り合い？」

「いえ、さっき店に来たんです。子供しかいないってわかったらさっさと行ってしまって」

「それはもったいないことをしたわね。この国にあなた以上の薬師なんていないのに」

リリアはそう言って微笑んだが、それはあまりにも褒めすぎな気がした。


ドラゴン薬局に帰った私は食パンを切り分け、たまごサンドを作った。イースターエッグの卵を見ていたら、どうしてもこれが作りたくなってしまったのだ。

たくさん作ってリュウリに持っていこうかな……。

私は自分の顔が赤くなるのを感じた。なぜか、このあいだからリュウリのことを考えるとほわっと顔が熱くなる。季節の変わり目だし、もしかして悪い病にでもかかったのだろうか……。

額に手をあてていたら、ペンがトコトコと寄ってきた。

「どうしたんや、エリー」

「リュウリさんに差し入れしようかなって思って」

「エリーがそんなことせんでも、そのへんの娘にもらっとるやろ。なんせ竜騎士団の団長様なんやから」

「え？　そうかな」

「そりゃそうやろ。リュウリもあんたみたいなちんちくりんより、せくしーな姉ちゃんにもらった方がうれしいんやないの」

ペンってばひと言多いんだから。私が睨みつけると、ペンはそしらぬふりで背中を向けた。あの丸々としたうしろ姿といったら――。一時期は恋のおかげか、ダイエットをがんばって痩せていたのに、またさらに太った気がする。

そうだ、ついでだから新開発のポーションも持っていこうか。


私はペンに留守番を任せて、サンドイッチの入ったバスケットを手に宮城へと向かう馬車に乗り込んだ。目的のシノワ宮にたどり着き、馬車から顔を覗かせると、門兵は無言で私を通してくれた。初めて宮城に来た時に比べたら雲泥の差だ。この街にやって来てから数ヶ月、私はすっかり顔パスになっていた。

色とりどりの花が植えられている花壇を横目に歩いていき、宮城の入り口から中に入る。私は控えていた侍従さんに近寄っていって声をかけた。

「あの、竜騎士団長のリュウリさんと面会したいんですが」

「リュウリ様はただいま宮城におりません」

もしかして、王子のヨークのお供でどこかに行っているのだろうか。

「あの、帰ってきたらこれを渡してもらえますか」

私がサンドイッチの入ったかごを差し出すと、横から伸びてきた手がそれをさらった。満面の笑みのサイがこちらを見下ろしていた。

「よー、エリー。俺に会いにきたの？」

「そんなわけがないでしょう。馬鹿ですか、あなたは」

冷たい口調で言ったのは副騎士団長のルイだ。サイはムッとしてルイを睨んだ。

「頭でっかちよりはましですぅ」

「はあ……君と話していると知能が下がる」

「めっちゃムカつく～。おっ、サンドイッチだ」

サイはバスケットの中を覗き込んで目を輝かせている。その顔を見ると、リュウリのために持ってきたとは言えなくなった。

「皆さんで召し上がってください」

「子供なのに気が利くねえ」

さっそくサンドイッチに手をつけるサイを見て、ルイが苦言を呈す。

「汚いですね、手を洗いなさい」

「大丈夫だって、こんくらい」

サイはサンドイッチを口いっぱい頬張りながら答えた。ルイはため息をついて、私の方を見る。

「エリー、お店はいいんですか？」

「今日は全然お客さんが来なくて」

「あー、復活祭だもんな。団長も式典のために王子について広場に行ってるよ」

サイがどんどん平らげていくせいで、サンドイッチはすでに半分なくなっていた。

式典ってどこでやってるんだろう。

私が視線を動かしていたら、ルイがこちらを見た。

「よければ訓練所に案内しましょうか」

「あ、はい」

「団長がいないからってサボるなよ、副団長様」

「あなたにだけは言われたくないですね。隙あらばつまみ食いしているくせに」

ルイはバスケットをかかえているサイを睨んで、私を連れて歩きだした。ルイは騎士団の訓練所近くにあるという広場へ向かった。宮城には何度か足を運んでいるが、こちら側に来たのは初めてかもしれない。

訓練所の見張り台に立てられた旗が、風になびいているのが見えた。広場には壇が設けられ、騎士が周囲を囲んでいた。距離を空けて見物人たちが集まっている。壇上には国王ザンガスと王子であるヨークの姿が見えた。そしてヨークのかたわらにはリュウリが立っている。

式典用の衣装を身にまとったリュウリはとても凛々しかった。思わず見とれていると、見張り台につるされている鐘が鳴り響いた。式典の合図かと思ったが、サイとルイが表情を硬くしている。

「なんですか？　この音……」

「エリー、こちらへ」

ルイは私の手を引いて訓練所へ連れていった。リュウリもヨークとザンガスを連れて壇上を下りる。いったいどうしたんだろう。

訓練所に入ると、私に気づいたリュウリが動きを止めた。

「なぜエリーが？」

「サンドイッチを持ってきてくれたんですよ」

サイの言葉を聞いているのかいないのか、リュウリはヨークと私、ザンガスに向かって口を開いた。

「ここでお待ちください。くれぐれも動かないように」

後半の言葉はおそらくヨークに向けられたものだろう。リュウリは騎士たちと共に足早に訓練所を出ていった。取り残されて困惑していると、ヨークが片手を上げた。

「やあ、エリー」

「なにがあったんでしょうか」

「さあね。見張り台に行けばわかるんじゃない？」

ヨークの瞳には好奇心が宿っていた。私はヨークと共に見張り台にのぼった。

「なにがあったの？」

ヨークは見張りの騎士に尋ねる。

「なにかがこちらに向かってきています。おそらくあれは……」

騎士は言い終える前に、ヨークに気づいてぎょっと目を瞬いた。

「へっ⁉　なにをなさってるんです、王子！」

「だって気になるじゃない。リュウリはなにも言わないし」

「下りてください、騎士団長に叱られます」

「私も気になるのだが」

「陛下まで！」

いつの間にか、ザンガスがひょっこり顔を出していた。騎士は必死になって、ヨークとザンガスを見張り台から下ろそうとしている。

このふたり、やっぱり親子なんだわ。

一方、ただの庶民である私は止められることなく、見張り台から顔を出すことができた。私は見張り人の騎士の脇から体を潜り込ませ、望遠鏡を覗き込んだ。雲ひとつない青空の下、翼のある生き物がこちらにやって来るのが見える。あれは……もしかして、竜？　しかも、一頭ではない。ざっと見て十頭はいるだろうか。眼下の広場では、騎士団員たちが見物人たちを避難させていた。

そうこうしているうちに、竜は望遠鏡がなくても姿がはっきりする距離まで迫ってきている。騎士たちが竜に向けて投石を放ったが、石は竜が吐いた炎によって溶かされた。溶岩が降り注ぎ、人々が悲鳴をあげる。

どうやら竜はひどく怒っているようだった。レンズ越しに血走った瞳と視線が合って、思わず後ずさる。

私の代わりに望遠鏡を覗き込んだ見張りの騎士が顔を引きつらせ、声を震わせた。

「げっ、あれは火竜（ひりゅう）だ……！」

火竜は最も危険と言われている竜だ。

その威力におののいていたら、ばさりと羽音が響いて、私たちの頭上に影が落ちた。竜に乗ったリュウリだ。その隣には、同じく竜に乗ったルイがいる。リュウリは竜の手綱を引いて、ザンガスに手を差し伸べる。

「陛下、乗ってください。王子はルイの竜に」

「エリーは？」

リュウリはヨークの言葉を黙殺し、彼を抱き上げようとした。しかし、ヨークは彼の手を避ける。

「逃げるんじゃなく、竜を倒してよ。城を壊されたら困るでしょ」

「不可能です。火竜十頭の戦闘力は小国の軍隊に匹敵します」

「君なら倒せるって。ねえ、エリー」

話を振られた私は、ハッとしてポーションを取り出した。

「あの、これ新しいポーションです！」

リュウリは一瞬黙り、ルイを見た。なにも言わずとも真意が伝わったらしく、ルイは肩をすくめる。

「サイを呼んできます」

「頼んだ」

リュウリはポーションを飲み干して、剣を引き抜いた。陽光に輝く剣が火竜に向けられる。

彼は加速度をつけて火竜たちに向かっていき、一頭目の首を切り落とした。広場に巨体が落ちて砂煙を上げる。すると怒り狂った残り九頭がリュウリに襲いかかった。

私は息をのんだが、リュウリは剣を振るって火竜をはねのけた。騎士たちがリュウリに加勢すべく火竜たちに矢を放ったが、まったく効いていない。

リュウリは騎士たちに向かおうとした火竜の目をつぶした。火竜のターゲットがほかに向かわないようにしているのだ。竜騎士団の団員たちも息をのんでリュウリの戦闘を見ていた。まさしく、誰にも手出しができなかった。

サイがやって来て、ルイはヨークに避難するよう言ったが、彼はそれを拒否した。

「僕はいいよ。こんなおもしろいもの滅多に見られないし」

ほんの十メートル先に恐ろしい火竜がいるというのに、ヨークは気にせずボードを取り出してリュウリにかざし、リュウリの戦闘力をはかっている。横からボードを覗くと、ただでさえ人間離れした戦闘力が、ものすごい勢いで上がっていくのがわかった。

「すごい。邪神を狩る勇者みたいだね」

三十分後、広場に十頭の火竜の死体が積み上がった。本当に倒してしまうなんて、すごすぎる。

リュウリが剣を腰におさめると、残っていた群衆から拍手と歓声が沸き起こった。こちらに戻ってきたリュウリがヨークに尋ねる。

「お怪我は？」

「あるわけないよ。ねえエリー」

私が何度もうなずくと、リュウリはかすかに微笑んだ。ヨークは火竜の死体を見下ろして、リュウリに尋ねた。

「あれ、どうするの？」

「一度には運べませんので、解体作業を行います」

「その前に、火竜の死体を調べてみたいな」

「しかし、血で汚れますし……」

「そんなの洗えばいいよ。ねっ？」

ヨークがねだると、リュウリは仕方なさそうに彼を抱き上げた。うらやましく思って見ていると、リュウリがこちらを見た。おずおずと見上げると、彼は私の両脇に手を入れて抱き上げてきた。私はリュウリが操る竜の背に乗って、ヨークと一緒に地面に降り立つ。

十頭の竜は見張り台から見ていた時よりもずっと大きく見えた。すごい鱗（うろこ）だ……。しげしげと眺めていたら、火竜のしっぽが動いた気がした。ハッとして後ずさろうとしたら、火竜が牙をむいた。

まさか、まだ生きていたなんて。

目をきつく閉じた直後、伸びてきた腕に抱きかかえられた。刃（やいば）が空気を切り裂いて、火竜の頭が切り落とされる。おそるおそる顔を上げると、見知ったふたりが立っていた。

「処理が甘いね、竜騎士様。敵は確実にしとめるもんだろ」

そこにいたのは、キイスとジンだった。どうしてこのふたりがここにいるのだろう。呆然としている私の顔を、ジンが覗き込んでくる。

「どうした、お嬢ちゃん。びびりすぎて口がきけなくなったのか？」

「は、離してください」

もがく私を見て、ジンはおかしそうに笑っている。キイスはそんなジンを冷たい眼差しで見ていた。

次の瞬間、ジンの手から私を奪い返した人物がいた。

「リュウリさん」

リュウリはキイスとジンを見比べ、目を細めた。

「見かけない顔だな。何者だ？」

「そっちが名乗ったらどうだよ」

ジンとリュウリの間にピリついた空気が流れた。ふたりを見比べていると、サイの操る竜が降りてきた。その背にはザンガスが乗っている。ザンガスはジンたちに声をかけた。

「見事な腕だな。感服した」

「あんた、王様か？」

その言葉遣いに、リュウリがかすかに眉を寄せるが、国王はとくに気にした様子もなく、キイスとジンのふたりを宮城に招くようサイに指示した。

サイはちらっとリュウリを見る。リュウリは無表情でうなずいた。

シノワ宮の食堂にシャンデリアが輝いている。長いテーブルには真っ白なクロスが敷かれ、豪華な食事が並べられていた。

謎のふたり、キイスとジンは、ヨークを救った功績をたたえられ、食事に招かれることとなったのだ。ヨークが口添えしたため、功労者のひとりとして、なぜか私も同席することになった。

私はなにもしていないのに……。むしろ一番の立役者はリュウリである。そんな彼はいっさいなんの主張もせずにヨークのそばに立っていた。

ジンは子羊のローストを手掴みで食べて、瞳を輝かせた。

「うっま。こんなもん初めて食ったわ。なあ、キイス」

キイスは彼を無視してスープを飲んでいる。これだけのごちそうがあるというのに、キイスはさっきからコンソメスープにしか口をつけていなかった。

「手掴みとは……お里が知れるな」

ジンの行動を見ていた侍従が、不機嫌そうにつぶやく。

「気に食わないか？　じゃあナイフを使うとするよ」

ジンは懐から出したナイフを肉に突き立てた。侍従が苦い顔をすると、おかしそうにニヤニヤ笑う。

「その紋章は……もしやレイナスの傭兵団か」

ザンガスはジンが手にしたナイフを見てつぶやく。

「ご名答だ、国王様」

ジンはそう言って、肉に突き刺したナイフを引き抜いた。ナイフの柄には鷲のマークが刻まれていた。レイナスは南に位置する隣国で、医学が発達していることで知られている。ちなみに、レイナスへ向かう途中に竜の住む森があって、陸地を行くのは危険なため、エリーでも行ったことはなかった。

この人たち、レイナスから来たんだ。騎獣を持っていないようだけれど、どうやって森を越えたんだろう？　横目で見ていると、ジンがにやりと笑った。

「しかし、驚いたな。火竜があそこまで凶暴化するのは初めて見た」

「春だっていうのは関係あるのかな」

「発情期かも」

ヨークの問いに対しジンが軽口をたたいた瞬間、その場に凍りつくような空気が流れた。キイスは無言でジンの頭を叩く。

「ああ。悪い。ガキ相手に会話する訓練はしてないもんで」

ジンはニヤニヤ笑いながら自分の頭をなでる。

「なんと品のない連中だ。陛下、このような者たちは今すぐ追い出すべきです」

ザンガスは苛立（いらだ）つ侍従を落ち着かせ、キイスとジンを見比べた。

「ところで、どういった用件で我が国に来たのだ？」

「ああそうそう、忘れてた。姫様からの書状を持ってきたんだよ」

キイスはそう言って封書を差し出した。侍従は封書を受け取って、それをヨークのもとへ持っていった。封書を受け取ったヨークがかすかに眉根を寄せる。

「これ……マリン姫から？」

「そうそう、俺たちはその紙切れを持ってくるためにはるばる来たんだ。もてなされて当然だと思うけれどな」

まさか宮城からの使いだとは思わなかった。侍従も私と同じ感想を抱いたらしく、不可解そうな顔をしている。

「彼らに部屋を用意してくれ」

ザンガスに指示された侍従は嫌そうに顔をしかめた。キイスは立ち上がり、ヨークに声をかけた。

「さっさと読んで、返事は明日までに書いてくれよ、王子様。帰るのに時間がかかるから」

キイスとジンが出ていくと、ヨークも席を立った。

私も帰らなきゃ。そう思って食堂を出ると、ヨークが声をかけてきた。

「エリー、そういえばなんの用事で宮城に来ていたの？」

「あ、えっと……なんでもないんです」

私はそう言って、ちらりとリュウリを見た。まさか、彼に会いにきただけだとは言えなかった。

翌朝、ギルド街は火竜を倒した騎士の話で持ちきりだった。配られた朝刊では、リュウリは伝説の勇者もかくやというほどに、たたえられていた。自分のことでもないのに誇らしくなってしまう。

朝刊を切り抜いて店の壁に貼って、鼻歌を歌いながら店の前を掃いていると、目の前にふっと影が落ちた。視線を上げると、眼帯をした大男がこちらを見下ろしていた。

「わあっ」

「よお、おはようお嬢ちゃん」

ジンはそう言って笑顔を向けてくる。私は彼を警戒しながら尋ねた。

「なにかご用ですか」

「散歩だよ。ずっと宮城にいるのは退屈だからさ」

暇だというなら、キイスと話していればいいのに。私は彼の相棒の姿を捜したが、フード姿の男は見あたらなかった。

「キイスは薬屋をめぐってるよ。この国にたいした薬師はいないみたいだけれどねえ」

青空に視線を向けたジンは、そのまま目線を下ろし、私を見据えた。

「そういやお嬢ちゃん、なんで昨日宮城にいたんだ？」

「騎士団にポーションを卸してるんです」

「なんで？　宮城にはちゃんと薬師がいるはずだろ」

「それはいろいろあって……」

私が口ごもっていると、ジンがふうんと相づちを打った。彼は懐から出したコインをもてあそぶ。

「王子様はレイナスに来るかな。かける？」

「かけません」

ぷいっとそっぽを向くと、ジンが私を追い越して店に入っていった。

「あ、ちょっと！」

「腹減った。なんか作って」

彼はテーブル席に腰掛けて足を組んだ。荷物を隣の椅子に下ろし、てこでも動かないという風情である。私は顔を引きつらせた。こうなったら彼の要求をのむしかない。私はしぶしぶながら尋ねた。

「なにが食べたいんですか……」

なんでもいいと言われたので、たまごサンドを作って振る舞った。ジンはたまごサンドを食べながら、うれしそうに笑う。

「うまいじゃん。薬師を名乗るにはまだ早いが、料理の才能あるぜ、お嬢ちゃん」

「どうも……」

この人に褒められても全然うれしくない。それに、うちは食べ物屋じゃないのだ。そう思っていたら、キイスが店に入ってきた。

「なにをしているんだ、ジン」

「宮城ってのは息が詰まるからな。で？　お目あての薬師は見つかったかよ」

「いない」

キイスはそう言って、ジンの正面に腰を下ろした。

一応キイスの分もサンドイッチを用意したのだが、キイスは食事には手をつけず、その上、部屋の中でもフードを脱ごうとしなかった。

変わった人だなあ……。

ペンは自分のテリトリーに他人が入り込んできたのが気に食わないらしく、テーブルの下からふたりを睨みつけていた。私が厨房に向かうと、ペンが慌ててついてくる。

「なんなんや、あいつら」

洗い物をする私の足もとで、ペンはぶつぶつとつぶやいた。

「今日帰るって言ってるから……」

「そんなこと言って、居座られたらどうするんや。なんならわいが追い返してやるで」

「やめた方がいいよ。たぶん、あのジンって人、ただ者じゃないと思う……キイスって人も普通じゃないし、ペンなんかつぶされちゃうよ」

「わいは勇者やで。あんなチンピラども、たいしたことないわ」

ペンはそう言って、猫パンチを繰り出した。そよ風しか生まない頼りないパンチだったが、その仕草は私の心を和ませた。

店に戻ると、食事を終えたキイスとジンが席を立つところだった。帰るのかと思いきや、ジンは壁に貼ってある記事に目をつけた。彼はしげしげと記事を見て、顎に手をあてた。

「これって昨日の竜騎士団長様のことだろ?」

「そうですよ。リュウリさんはすごいんです」

「そうかねえ。火竜を一頭しとめ損ねただろ」

ジンの言葉に、私はムッとした。たったひとりで十頭の火竜を相手にしたのだ。それくらい愛嬌ではないか。

「あなただったら、絶対無理です」

「なにムキになってんだ、お嬢ちゃん」

ぐりぐりと頭をなでられて抵抗していると、店のドアベルが音を立てた。

お客さんが数人入ってきたが、ジンとキイスの風体を見て怯えたように帰っていった。

早く出ていってくれないかなあ。そう思ってちらちらとふたりを見ていたら、キイスがジン

に声をかけた。

「行くぞ、ジン」

「待てよ、キイス。試しにこのお嬢ちゃんにも薬作りを頼んでみたらどうだ？　おまえの病気を治してくれってさ」

ジンは私の頭に手を置いたままでそう言った。キイスはじろりと私を見て、馬鹿にしたように鼻を鳴らした。

病気って……この人どこか悪いんだろうか。

ふたりが店を出ていくと、さっきの客たちが戻ってきた。彼らはジンとキイスが見えなくなったのを確認してから尋ねてくる。

「なんだい、あの柄の悪い連中」

「レイナス王国の傭兵らしいです」

「傭兵か。どうりでねえ」

レイナスは不戦の誓いを立てており、騎士団を持っていない。その代わり、防衛のために各地から集められた傭兵を雇っている。有事の際には、彼らが活躍するということだ。

◇
◇
◇

シノワ宮の広場では、騎士団が火竜の解体作業を進めていた。ある程度の大きさに解体し、荷車に積んで焼却場へと運ぶ。

火竜の肉は固く、切り裂くのに時間がかかる。昨日は軽々と切り落とせたというのに。作業の前にエリーのポーションを飲んでおくべきだったか。

三体ほど片づけたところで腕のだるさを覚え、俺は剣を下ろした。

鋭い視線を感じたので振り向くと、二、三人の侍女がこちらを見ていた。目を細めると、顔を赤らめて去っていった。なにか用事があったのだろうか。俺が不思議に思っていると、サイが声をかけてきた。

「火竜十頭を倒したせいで、またモテちゃいますねえ、団長」

「火竜を倒せたのはエリーのポーションを飲んだからだ」

「いや、ポーションだけであれは無理でしょ、普通に」

サイはあきれたように言って、剣を肩に担いだ。通常の市販薬なら不可能でも、エリーが作ったものは特別だ。彼女の作ったポーションによって、何度も窮地を救われた。腹が減ったとうだうだ言っていたサイが、ふと顔を上げる。

「ん？　あのふたり、昨日の奴らじゃないですか」

サイの視線を追うと、広場の入り口付近にキイスとジンが立っていた。サイは彼らに近づいていって声をかけた。

キイスはひと言も口をきかず、ジンはのんびりとサイと会話している。おかしなふたりだ、と俺は思った。正反対に見えるが、一緒に行動しているのは仕事だからか。

ふと、フードの下から覗いたキイスの瞳と視線が合う。その鋭い目つきは、傭兵特有の冷たさをはらんでいた。サイはキイスたちを連れてきて、あっけらかんと言う。

「団長、コイツら暇だから手伝ってくれるらしいですよ」

「いいのか？　今日帰る予定なのでは」

「俺たちは片づけ程度で疲れないよ、団長様」

キイスはそう言ってニヤニヤ笑った。その言葉に誇張はなく、彼らは人一倍働いた。作業が終わった頃には、ジンはすっかり騎士団に溶け込んでいた。一方のキイスは皆から離れたところで休息を取っている。俺はキイスに近づいていって、ポーションを差し出した。

「飲め。疲れが取れる」

「……べつに疲れてない」

彼はそう言って、広場の出口へ向かって歩いていった。そのうしろ姿を見送っていると、ジンが声をかけてくる。

「悪いね、愛想のない奴で」

「傭兵ならあれが普通だろう」

「まあね。傭兵なのに愛想がいいって方が変わってるかもな」

そう口にしたジン自体が愛想のいい部類に入るだろうと思った。ジンはニヤニヤ笑いながら俺に話しかけてくる。

「聞いたぜ。あんた、最年少で竜騎士団長になったんだって？」

「早く団長になれたのは運がよかったからだ。自分が特別優れているとは思わない」

「ストイックでかっこいいねぇ」

ジンはニヤニヤ笑いながら俺をつついた。傭兵にしては気さくだが、彼は油断ならない目をしていた。キイスと同じで、どこか他人を拒んでいるような目つきだ。俺は彼に昨日のことを尋ねてみる。

「火竜の件、どう思う」

「どうって？　春だから気が高ぶったんじゃないの」

「おまえたち、レイナスから来たということは、竜酔花の森を通ったはずだろう」

竜酔花の森には、火竜を始めとした様々な竜が住んでいる。気性の荒い種もいるため、竜の生態を熟知していない者がその森を越えるのは難しいはずだ。レイナスとの国境に位置しているため、あそこを通らずにはこの国には来れない。竜に騎乗せずに傭兵が無事に通れたのは奇跡に近い。

ジンは自分の馬にもたれ、口もとを緩めて言った。

「俺には、竜に詳しいじいさんがいてね。そいつの言う通りにしたら抜けられたよ」

「竜は連れていないようだし、まさか馬で来たのか？」

「まあね。この国に来るまで、本当に竜を乗りこなす集団がいるとは思わなかったよ」

ジンはそう言って、俺の隣で伏せている竜、リードを見上げた。リードはくんくんとジンのにおいを嗅いでいる。騎士団が所有している竜はおとなしいため、本来は恐ろしい生き物なのだということを忘れそうになってしまう。しかし、元来彼らは人間の自由にはできない存在なのだ。

ジンは俺の手にしているポーションを指差した。

「それ、飲まないならくれよ。思ったより疲れたわ」

「エリーが作ったものだが、いいか」

「ええ？　あのお嬢ちゃんが？」

ジンはそう言ってポーションをしげしげと見た。一応受け取ったが、口にせずポケットに突っ込んだ。どうやら飲む気はないらしい。

俺の視線を受けて、ジンが口もとを緩める。

「一応、医療大国の育ちなんでねえ。変なものは飲みたくないんだよ」

「エリーは立派な薬師だ」

「ああ、たしかにあの年でたまごサンドを作れるのは立派かもな」

いったいいつ、そんなものを食べたのだ。そう尋ねる前に、侍従がキイスとジンを呼びにきた。侍従はこちらに駆け寄ってきて、ささやく。

「リュウリ様、一緒に来ていただけますか。あのならず者どもが陛下や王子に害を与えるやも……」

「そんなことしねーよ？」

どうやら聞こえていたらしく、ジンが声をあげると侍従が顔を引きつらせる。侍従の心配は杞憂ではないかと思った。彼らが王子たちに危害を加えるとは考えにくい。リアン王国はレイナスとは悪い関係ではないし、たったふたりで奇襲を企てたところでたかが知れている。

しかし、俺には引っかかっていることがあった。

火竜たちはなぜこの国を襲ってきたのか。彼らが偶然あの場に居合わせたことを考えても、なにか関わっている可能性はある。

どんなにうまくいっているように見えても、国同士の関係は脆いものだと歴史が証明している。どの国も、最終的には自国の利益が最優先だからだ。

傭兵二名と共に謁見の間に足を踏み入れると王子が待っていた。王子は俺に視線をやってかすかに微笑み、侍従に持ってこさせた書状をジンに差し出した。

「手紙、読んだよ。返事はここに。出立の際は声をかけてくれれば、関所まで送らせる」

ジンは書状をぴらぴらと揺らしている。

「つまり、レイナスには来ないってことか？」

「情けない話だけれど、僕は体が弱くてね。主治医なしで遠出はできない」

「それなら主治医でも薬師でも連れていけばいいだろ？」

王子はため息をついて、薬師長のハロルドを呼んだ。やって来たハロルドはキイスとジンを見て一瞬眉を寄せる。王子はハロルドに傭兵ふたりを紹介し、用件を切り出した。

「ハロルド、彼らは僕に一緒に行ってほしがってるんだ」

「レイナスに、ですか？　なりません。とてもじゃないが、体力が持たないでしょう」

「だから、いざという時のために君に一緒に来てほしいんだよね」

ハロルドはその言葉を聞いて、予想もしなかったという表情で目を瞬いた。

「私がですか……？」

「そう。ちなみに、レイナスとの国境には竜の巣があって、とっても危険なんだけれど」

その言葉に、ハロルドは顔を引きつらせた。彼は半歩後ずさって、懐から出したハンカチで冷や汗をぬぐう。

「しかし、王子。私には宮城の薬房を取り仕切る役目があるので……」

「つまりは行けないってことだよね？」

王子はとくに驚くこともなくそう言った。退出を認めると、ハロルドは頭を下げて、そそくさとその場から立ち去った。ジンはあきれた顔でハロルドの背中を見る。

「この国が未知の感染症を抑え込んだってのは、本当なのか？　あの男、医療人の心ってやつがまったくないように見えるが」

「薬師長はなにもしてないからね」

その言葉に、ジンが不可解そうに眉を上げた。王子は彼の疑問に答えるべく口を開く。

「エリーだよ、感染症を抑え込んだのは」

そう言うと、キイスとジンが驚いた表情を浮かべた。

「まさか……あんなガキが」

「彼が証拠だよ。見てみる？」

王子は俺を指差し、ボードをジンに差し出した。ジンは俺にボードを向ける。彼はボードに表示された数字を見るなり、ぎょっとし王子を見た。王子は微笑んで、キイスに視線を向けた。

「君も見てみる？」

「興味がない。あんたが来ないって言うなら、書状を持って帰るだけだ」

「おい、待てよキイス」

ジンは踵を返したキイスを追いかけていった。王子は肩をすくめて、椅子から下りる。

「さて、お茶でも飲もうかな。リュウリ、君もどう？」

「いえ、私は仕事がありますので」

「そう？　忙しいね」

キイスとジンは、やけにあっさり引き下がったものだ、と俺は思った。そもそも、彼らはなんの用事で自国に王子を連れていこうとしたのだろう。考え込んでいる俺を、王子が不思議そうな眼差しで見てくる。

「どうしたの？」

「王子、マリン姫からの書状にはなんと書いてあったのですか？」

王子は侍従にマリンからの書状を持ってこさせた。俺は書状を受け取って内容を確認する。そこには、一週間後に開かれる自身の生誕パーティーに参加してほしい旨が書かれていた。各国の要人が招かれ、盛大に開かれるらしい。

王子は迷惑そうな表情を浮かべ、額に手をあてる。

「悪いけれど、僕はあの子が苦手なんだよね」

レイナスの第一王女であるマリンは、たしか王子と同じくらいの年頃のはずだった。彼らが顔を合わせたことはほとんどないはずだが、王子が彼女を苦手としている一方、あちらは特別な感情を抱いているようで、頻繁に手紙を送ってくる。使者を差し向けてきたのは初めてだが、その本気度合いがうかがえる。

王子は回廊の天井に視線を向け、ため息を漏らした。

「最近体調が悪いからいけませんって書いておいたよ。エリーのポーション飲んでるからむしろ元気だけれど」

「嘘をつかれるのはどうかと思います」

「君がそんなことを言うのは珍しいね」

王子はそう言って口もとを緩めた。たしかに、俺は滅多にこの主人に対し口出しすることはない。

「侍女たちが、君がつれないって嘆いてたけれど」

「つれないとは？」

「愛想がないってことかな。たまには笑いかけてあげなよ。みんなやる気が百倍になるから」

自分が笑って誰かが喜ぶとは思えなかった。普通の人間は、エリーや王子のようなかわいらしい子供の笑顔が見たいのではないだろうか。

そういえばあの傭兵ふたりは、エリーのことを知っているようだった。とくに、あのキイスという男が気にかかる。彼は国王の前ですら、一度もフードを脱ごうとしなかった。任務をやり遂げることができず、やけになったりはしないだろうか……。

妙に胸がざわめいて、俺はふたりが去っていった方向へ視線を向けた。

「はっくしょん！」

ヒゲのある男が大きなくしゃみをして、盛大に鼻をかんだ。テーブルの上に寝そべっていたペンは思いきり身を引いて、嫌そうな顔で彼を見ている。私は男に鼻紙を差し出した。

「どうぞ、ビルさん」

ビルは赤くなった鼻先をこすりながら尋ねてきた。

「実はさあ、こないだっからくしゃみが止まんないんだよ。なんかいい薬ない？」

「なにが原因かによりますが……病院には行かれましたか？」

「一応行ったけれど、風邪だから寝てろってよ。こちとら五人の子供をかかえて商売してんだ。おいそれと休めるかい」

ビルはぶつくさ言いながら首筋をかいた。ペンが「ダニでもいるんちゃうか」とぼやくが、ビルにはきこえていないようだった。

ビルは近所で八百屋を営んでいて、私が買い物に行くと、子供なのに偉いと褒めてくれる。いつも値引きしてくれるので、とても助かっていた。普段は元気いっぱいの彼だが、本日は不調にまいっているようだ。

私は一枚の紙を持ってきて、ビルに差し出した。ビルはそれを受け取って首をかしげる。

「なんだいこれ」

「問診票です。心あたりのある項目にチェックをしてください」

「へえー、あんた小さいのに医師みたいだなっ」

彼は大きな体を丸めて、問診票に書き込み始めた。私は彼の様子を見て、風邪ではなさそうだ、と思った。ビルの症状は三週間以上続いていて、喉の痛みはほとんどなく、風呂に入ったりすると、体がかゆくなるというものだった。

ビルは問診票を書き終え、こちらに差し出してくる。私は問診票の内容を見てうなずく。

「なるほど……」

「なんかわかったのかい」

ビルはそう言って身を乗り出してきた。近くにいたペンが迷惑そうな顔をする。

私はうなずいて、ビルの手にできた湿疹に視線を向けた。それはどうしたのかと尋ねると、ビルは眉を寄せ、「昔っから桃を扱うとかゆくなんだよ」と答えた。それを聞いた私は、おそらく間違いないと確信した。ビルはおそらくアレルギー性鼻炎だ。

そのことを告げると、ビルはキョトンとした。どうやらこの国に、アレルギーという概念はないらしい。文明が進んでいない頃、アレルギーというものはほとんど認識されていなかった。ストレスや環境の変化などで、免疫が弱くなり体質に変化が現れる人が増えたのだ。

アレルギー体質の人間は、外的な要因によって過剰に反応してしまう。アレルギーを引き起こす物質には様々なものがあるが、花粉やほこり、乳や卵などがアレルゲンとしては有名だ。

私の話を聞いたビルはぽかんと口を開けていた。

「アレルギーテストというのがあるので、医師にやってもらってください」

「あんたがやってくれよ。あんなヤブ医師に〝あれるげん〟の話なんかしてもわかんねえよ」

ビルは不満げに言ったが、ただの薬師である私にアレルギーテストをしろというのは難しい注文だ。激烈な反応が出た場合のことを考えると、医師が立ち会っていた方がいい。

そうだ、あの人なら……。


私はビルを連れて、とある医院へ向かった。ビルは嫌そうな顔でぼやく。

「医師は寝てろって言うだけだぞ」

「ここの医師は違います」

ここの医師はパン屋の奥さんのかかりつけ医だ。彼女がこれまでにない感染症にかかった時に診察をした人物で、宮城にしっかりした診断結果のレポートを送っていた。彼なら親身になってくれると思ったのだ。

私の話を聞いた医師は、不思議そうな顔をした。

「アレルギー？」

「はい。ビルさんは食べ物を扱うお仕事なので、困っているそうです」

この病院でアレルギーテストを行ってくれないかと頼むと、医師は快く了承してくれた。

テストの結果、ビルのアレルギー反応はバラ科の植物とイネ科の植物に出ることが判明した。

アレルギーとしては軽微のものと言えるだろう。

原因を知ったビルは、意気揚々と腕まくりした。

「よっしゃ、ぱぱっと治してくんな」

「いや、薬を処方することはできるが、アレルギーは完治しない可能性が高い」

医師の言葉に、ビルはがくりと脱力した。

「はあ？　なんで」

「なぜと言われても、免疫の問題なので……」

「そりゃ困るよ。八百屋なのに果物のせいでかゆくなるなんてお笑い草だろうよ」

医師は眉を上げ、ちらっと私を見た。

「……が、彼女なら可能かもしれません」

「えっ⁉」

私はぎょっとして医師を見た。ビルは満面の笑みをこちらに向けてくる。

「おう、そうだな！　なんせエリーちゃんはこの国の救世主だからよ」

ばしばしと肩を叩かれ、私は痛みにうめいた。

ビルと別れてドラゴン薬局に戻り、薬のレシピを書き連ねる。とりあえず、塗り薬を作ろうか。

薬草をすりつぶして軟膏を作っていると、ドアベルの鳴る音が響いた。作業の手を止めることなく入り口の方を見ると、キイスとジンが立っていた。また腹が減ったからなにか作れと言うのだろうか。内心うんざりしていたら、キイスがこちらに近づいてきた。いきなり肩を掴まれた私は、びくりと震える。

「な、なんですか」

「おまえ、流行り病を治したっていうのは本当か」

「え……？」

キイスがフードを脱いだのを見て、私はぎょっとした。フードの下から現れた彼の顔はひどくただれていたのだ。思わず顔を引きつらせていると、ジンがキイスの肩を叩いた。

「おい、ガキをびびらせるなって」

「それが本当なら俺を治せるだろう。薬を作れ」

「そんなこといきなり言われても、きゃあ」

突然かかえ上げられ、私はじたばたと手足を動かす。

「離してくださいっ」

その時、ドアが開いて店内に誰かが入ってきた。その人物はキイスに向かって剣を突きつける。

「エリーを離せ」

「リュウリさん！」

キイスがリュウリに気を取られているうちに、ペンが思いっきりキイスに噛みついた。キイスはなんとかしてペンを引きはがそうとしている。ジンはそれを見て大笑いしていた。

キイスは苛立った様子でリュウリを睨んだ。

「なんなんだあんた」

「こっちのセリフだ。エリーをどうする気なんだ」

「このガキには、レイナスで薬を作ってもらう」

「おまえのやってることは誘拐だ」

「たしかに、お尋ね者になるのはまずいぜ。姫様には俺が報告してくるから、おまえはこの国に残ったら？」

ジンがそう言うと、キイスが彼を睨んだ。ジンは肩をすくめて私に話しかけてくる。

「なあお嬢ちゃん、俺たちと一緒に来ないか？　薬師ならレイナスの医学に興味があるだろ」

「え？」

私はリュウリとジンを見比べた。私の前に立ち塞がったペンが声をあげる。

「エリーを連れてくならわいも行くで！」

「うわ、猫がしゃべってる。おもしろー」

ジンは興味津々でペンを掴み上げた。ペンはしゃーっと鳴いてジンの手を引っかいている。

結局、リュウリはキイスとジンを捕縛し、宮城に連れて帰った。私は呆然と彼らのうしろ姿を見ていた。いったいなんだったんだろう……。

後日、私のもとに宮城からの使いがやって来た。ヨークと謁見するのに都合のいい日を尋ねられたので、明後日(あさって)ならと答えた。今日はアレルギー薬のアイデア出しをして、明日は試薬品を作るつもりでいる。

そして二日後の朝、私は馬車に乗って宮城へ向かった。城門をくぐって宮城内に入ると、ヨークが出迎えてくれた。私は彼に頭を下げる。

「こんにちは」

「やあエリー。よく来てくれたね」

「体調はどうですか？」

「うん、いいよ。今日は君に話があってさ」

ヨークは浮かない顔をしていた。どうかしたのだろうかと思っていたら、とりあえず中でお茶でも飲もうと促される。

彼の部屋に通され、振る舞われたお茶を飲んでいると、ヨークが手紙を差し出してきた。筆致は流麗だが、どことなく言い回しが幼く、子供が書いたものだろうと推測できた。

「これは……」

「姫君からの誕生日パーティーの招待状。断るつもりだったんだけれど、リュウリと話して行くことにしたよ」

「なにか、わけがあるんですか？」

「こないだ、火竜に襲われたのは覚えてるだろ」

私がうなずくと、ヨークが身を乗り出した。

「竜酔花の森があるデルタ第七地区周辺は、レイナスとうちとの国境にまたがってるんだ。だから今回のことで火竜の生態調査をする際、あちら側にお伺いを立てなきゃいけないってわけ」

「そのために、王子が行かれるのですか？　危険では……」

「しょうがないよ。外交だからね」

ヨークはそう言って肩をすくめた。王子様って大変なんだな。他人事のように思っていたら、彼がこちらに身を乗り出してきた。

「ねえエリー、一緒に来てくれない？」

「え？」

ヨークの言葉に、私は戸惑った。なぜ自分が？

「レイナスは医学に優れた国なんだ。君が一緒に来たらなにか発見があると思うよ」

その言葉に、好奇心が刺激された。それに環境を変えたら、アレルギー薬のいいアイデアが浮かぶかもしれない。行きたい気持ちはあったが、どうしてもうなずく気にはなれない。

「でも、私は宮城薬師じゃないですし」

「ハロルドにはもう声をかけてるよ。でも、嫌だってさ」

ヨークはそう言って肩をすくめた。どうして断るのだろう？　私がハロルドの立場だったら、ぜひついていきたいと思うだろうに。

「宮城薬師は冒険者とは違うからね。外に出るのが怖いんだよ」

「そうなんですか……？」

「嫌がってる人を連れていくのもなんだし。正直、大人ばっかりじゃ息が詰まるしね」

ヨークはそう言っていたずらっぽく笑った。侍従が寄ってきて、彼になにかをささやく。

しばらくすると、ジンとキイスがリュウリに連れられてやって来た。牢につながれていたのだろうか。ふたりともどことなく薄汚れている。

「ああ、そうだったね。いいよ、連れてきて」

キイスは私を無視したが、ジンはにこやかに手を振ってきた。なんであの人たちが来るのだろう？　てっきり強制送還されたと思っていたのに。

不思議に思っていたら、彼らはヨークの前にひざまずいて挨拶をした。ヨークはふたりに立つように言って、こう尋ねた。

「君たち、エリーに暴力を振るったそうだね」

「誤解ですよ、王子様。こいつは自分の病を治すことで頭がいっぱいなんです。エリーちゃんがすごい薬師って聞いてテンションが上がったんですよ」

ジンのざっくばらんな口のききように、侍従が眉根を寄せた。ヨークはちらっとキイスを見た。彼はフードを脱がされ、素顔が見える状態になっていた。

「たしかにひどい皮膚病みたいだね。さぞつらいだろう」

「あんたになにがわかる」

同情的な言葉を口にしたヨークに対し、キイスはトゲのある声を返した。

「僕も体が弱いからね。普通の人よりは、君の気持ちがわかるつもりだよ」

侍従はキイスを睨んでいたが、ヨークは冷静にこう言った。

「さすが、恵まれたお方はお優しいな」

ジンは皮肉っぽい口調で言ってキイスを見た。キイスは黙ってヨークを見ている。まるで推し量るような視線だった。

「なら今すぐこの縄を解かせろ」

「エリーに謝ったらね」

キイスは舌打ちし、私を睨みつけた。私はびくりと震えてリュウリのうしろに隠れる。キイスの態度に腹を据え兼ねたのか、そばにいた侍従が声を荒らげた。

「貴様、王子に向かってその態度はなんなのだ」

「いいんだよ。キイス、どうする?」

ヨークはキイスの無礼を気にした様子もなく、そう尋ねた。キイスは小さな声で悪かったとつぶやく。私がうなずくと、ヨークが縄をほどくように言った。自由の身になったジンが伸びをする。

「しっかりした王子様だ。俺たちは必ず役に立ちますよ。なあ、キイス」

ジンがそう言って視線を向けたが、キイスはなにも言わなかった。リュウリはヨークの意をくんだのか、黙ってうなずく。ヨークは私の方に視線を向け、「ああ、彼女も一緒だから、よろしくね」と言った。すると、リュウリがすかさず口を挟んだ。

「エリーを連れていくのは危険です」

「僕はよくて、エリーは駄目だという理由はあるのかな」

「王子は公務で行かれるのです。それに、あなたのことは私がお守りします」

「じゃあ、このお嬢ちゃんは俺が守るよ。それでいいだろ？」

ジンはそう言って、私の頭に手を置いた。彼に触れられると、なぜだか背筋がぞわぞわとした。ジンから殺気のようなものを感じたのだ。彼の手を逃れてリュウリにしがみつくと、ジンはおかしそうに笑った。

「あれ、振られたか？」

「出立は明日だ。さっさと準備しろ」

キイスはそう言って踵を返した。ジンは苦笑交じりに彼を追いかける。ヨークはふたりを見送って、「おもしろいふたりだね」と言った。

「エリー、門まで送っていく」

リュウリはヨークの言葉には答えず、私に声をかけてきた。

「あ、はい」

私はリュウリと一緒に門まで歩いていった。リュウリはなにも話さない。やめた方がいいと思ってるのかな。私がちらちらとリュウリをうかがっていると、黒目がちの瞳と視線が合った。

「嫌なら断った方がいい」

私がなにか言う前に、リュウリがそう言った。

「え」

「旅にはあまりいい思い出がないだろう」

たしかにディアたちと旅をしていた時は、雑用ばかりしていたし、いつもお腹がすいていた。つらいことや危険なこともたくさんあった。いろんなことで傷ついて、それを癒やすすべもなかった。だけれど今回は、リュウリが一緒だ。それだけでとても安心した。私はリュウリをしっかりと見据えて言った。

「私、行きたいです」

「そうか。ならいい」

リュウリはそう言って、ふっと視線をそらした。

馬車に乗る間際、私はリュウリに、アレルギーの新薬を作るつもりなのだと話した。リュウ

リは感心したようにこちらを見る。

「また新薬を作るのか。さすがだな」

「新薬というか、抗ヒスタミン剤は前からあった……いえ、たまたま、アイデアが浮かんだんです」

まさか前世の話をするわけにもいかないので、私は語尾を濁した。

明日には国を出るので、今日中に支度をしなければならない。

なんだか、急に忙しくなってきたわ。とりあえず、ドラゴン薬局を閉める準備をしよう。

私はしばらく休業するという貼り紙を作って、ドアに貼った。野菜の入った箱を持ってやって来たビルが、不思議そうに尋ねてくる。

「あれ？　なにしてんだい、エリ坊」

「実は、レイナスに行くことになって」

「レイナス？　俺の薬はどうなるんだいっ」

ヒゲ面の男に詰め寄られて、私は思わず後ずさった。

「すみません、帰ってきてからでいいですか」

「早めに帰ってきてくれよな」

そう言ったビルの目は花粉で充血していた。私は顔を引きつらせながらうなずいた。ビルは野菜の入あった箱を押しつけて去っていく。今から旅に出るのにたくさんもらってしまった。

いざという時のために、保存食でも作ろうか。私はかぶや芋を切って、干し芋やピクルスを作った。

「うーん、どうしようかな」

私は旅行用のトランクを探すため、近所にある古着屋へ来ていた。陳列されているものは私が持つには大きすぎて、なかなかいい大きさのものがない。店主はといえば、店の奥でいびきをかいている。私は店主に近寄っていって声をかけた。

「すみません」

店主はまったく起きる気配がない。つついてみたら、びくっと震えて目を覚ました。

「驚いたあ。なに」

「トランクって、ここにあるものしかないですか？」

「ああ。そもそも、そんなもの売っても売れやしないからね」

店主はそう言ってあくびをした。そうかな？　ギルド街で古着屋をやったら、冒険者が来そうなものだけれど。お客さんが来ないから、こんなにやる気がないのだろうか。たしかに、私が店にいる間には誰も来なかった。

「ああそうだ。私が使ってた小さめのトランクならあるよ」

店主はのそのそと立ち上がって、二階へ向かった。その間、私は手持ち無沙汰で店内を見回していた。ふと、椅子のうしろに絵が置かれていることに気づき、それを持ち上げて眺めた。

これも売り物なのだろうか。剣を手にした赤い服の勇者が、青い竜を倒している様子だ。これは竜退治の光景だろうか。絵を眺めていると、背後から声がした。

「ペンドラゴンの伝説だよ」

「うわっ」

振り向くと、戻ってきた店主が立っていた。音を立てずに現れるのはやめてほしい。そう思いながら聞き直す。

「ペンドラゴンって……」

ペンの本名？　ではないか。ペンはこの勇者に憧れているってことなのか。じゃあ、買っていったら喜ぶかな。私は絵の値段を尋ねた。店主は手にしたトランクを持ち上げて言う。

「そうだな。トランクと合わせて五十リラかな」

私はお財布の中を覗き込んだ。これから旅に出るわけだし、多少の出費はやむをえないか。

私はトランクと絵を買って店を出た。


その夜、私はベッドの上に手持ちの品を並べていた。勇者パーティーにいた頃は、自分の持ち物はボロボロの毛布と外套くらいだった。あの頃に比べれば、ずいぶんと所有物が増えた気がする。それもこれも、王都に連れてきてくれたリュウリのおかげである。それから、青いリボンの君だ。

私は封筒から取り出した青いカードを眺めた。今どこでなにをしているのかわからないけれど、この手紙を見るのは私にとって心の支えだ。

竜に乗って移動するのだから、余計なものを持っていくことはできない。古着屋で見つけたトランクに入るものだけにしようと決めたのだが、着替えと日用品だけでいっぱいになってしまった。もうひとつ持っていくとしたら、薬学書にするべきか、愛用の乳鉢にするべきか。

腕組みをして考え込んでいると、ペンがのしのしと歩いてきて尋ねた。

「なんやエリー、荷物広げて、夜逃げでもするんか」

「そんなわけないでしょ……私、レイナスに行くことにしたから」

「ああ？　あの柄の悪い連中についていく気か」

「リュウリさんたちも一緒だよ」

「わいはどうなるんや！」

ペンは目をむいて尋ねてきた。そうだ、旅に出るってことは、ペンを誰かに預けなくちゃいけないんだ。まさか忘れていたとは言えない。

最初に思い浮かんだのはパン屋のプリオールだったが、あそこは食べ物を扱っているので預けにくい。それに、プリオールにはまだ生後まもない赤ちゃんがいるし。あと思いあたる場所といえば教会くらいだが……。あそこの神父さんはいい人だし、保護活動もやっているので快くペンを預かってくれそうだ。それに、リリアもいるし。

　ペンの預け先を決めたら、肩の荷が下りた気がした。私が考えていることを察したのか、ペンは胡乱そうな眼差しでこちらを見ている。

「まさか、わいを置いてく気か」

「だって、ペンがいたらみんなに迷惑じゃない」

「わいのどこが迷惑やねん。どう考えても旅の癒やしやんかっ」

　ペンの猫パンチを避けつつ、薬学書と乳鉢を差し出した。

「ねえ、あとひとつ持っていくとしたら、どっちがいいと思う？」

「そんなことで悩んどったん？　どっちも持っていけばええやん」

「だって、トランクの中に入らないんだもん」

　ここに魔道士のユウリがいれば、トランクを拡張してくれるところだが。いや、彼は私になんの関心も持っていなかったので、頼んでもそんなことしてくれないかもしれない。彼らは今、なにをしているんだろう……。以前の旅の仲間たちのことを思い返したら、少しだけ気分が落ち込んだ。ため息をついていたら、ペンがずいっと体を寄せてきた。

「そんなもんより、わいを連れてくのがお得やでぇ」

「押し売り販売みたいなこと言ってないで、もう寝たら？」

「あんた冷たすぎるで！　最初は遠慮がちで初々しかったのに、最近ではすっかりわいを邪険にして。都会の色に染まったんやな！」

ペンはふてくされた様子で布団の中に入り込み、そのまま丸まった。そのフォルムがかわいらしくて噴き出しそうになったが我慢する。布団の上からそっとなでると、ペンがぴくっと体を揺らした。

「大丈夫よ。すぐに帰ってくるから」

「……ほんまに？」

「うん。お土産買ってくるし」

そう言ったら、ペンが布団から前足を出した。

「指切りしよ。嘘ついたらハリセンボンやで」

私は微笑んで、ペンの前足を握りしめた。そのまま彼の前足を振る。

「指切りげんまん、嘘ついたらハリセンボンのーます。指切った」

ペンはもぞもぞと動いて私にくっついてきた。私は布団ごとペンを抱きしめる。そうしていると、あたたかくてほっとした。心配しなくたっていいのに。どこへ行ったって、ここが――ドラゴン薬局だけが私の帰ってくる場所なんだから。


翌朝、ヨークとリュウリ、サイが店の前まで迎えにやって来た。私はトランクを手に、キョロキョロと辺りを見回す。王子が旅をするのに、一緒に行くのはこのふたりだけなのだろうか。

「彼らは先に野営地へ向かったよ。例のふたりも一緒にね」

そう答えたヨークは、私の足もとでふんぞり返っているペンに視線を向けた。

「あ、すみません……ペンを預けたいので、教会に寄ってもいいですか？」

「ああ、連れていかないんだ」

「はい、迷惑でしょうし」

ヨークはなにか言いかけた後、口をつぐんで竜に乗った。私とペンはサイの、ヨークはリュウリが操る竜に乗ることになった。

いつもだったら外の景色がどうとか騒ぐのに、ペンは竜に乗っている間、ずっと私の膝の上で丸くなっていた。サイは愉快そうな顔でそんなペンをからかう。

「今日は借りてきた猫みたいだな。もしかして、別の猫だったりして」

サイがなでようと手を伸ばすと、ペンは爪を出し、サイの手の甲を引っかいた。サイは苦い顔をしながら手をなでる。私は慌ててペンを叱る。

「こらっ、ペン！」

「こいつが悪いんや。竜騎士のくせに空中でよそ見はあかん」

ペンは悪びれる様子もなくそう言って、自分の前足をなめた。

「はいはい、すみませんね」

「ごめんなさい、サイさん」

サイは肩をすくめて前に向き直った。

サイの操る竜が教会のそばに着地する。竜から降りた私は、ペンを抱いて聖堂に向かった。

中にいたシスターに、神父さんとの面会を希望する。聖堂で待つ間、私とペンは祀られた女神の像を見上げていた。

旅についていけないくらいで、そんなに落ち込まなくてもいい気がするけれど。

私は丸まったペンの背中をぽんと叩いた。

「お土産買ってくるから、そんなにがっかりしないでよ」

「そんなこと言って、そのまま帰ってこないつもりちゃうんか……」

「そんなことするわけないじゃない」

「わいは不安なんや、エリー。あんたは大人びてるとはいえ、まだ小さいんやで」

そう言ってこちらを見たペンは、猫とは思えない真剣な表情をしていた。大雑把な性格に見えるけれど、ペンってば意外と心配性なのかな。騎士団の人たちだっているんだし、不安がることはないと思うんだけれど。

そう思っていたら、聖堂のドアが開いてリリアが中に入ってきた。私はペンを抱き上げて、彼女に近づいていく。

「おはようございます。あの……」

「エリー、どこかに行くの？」

私が言い終える前にリリアが切羽詰まった表情で尋ねてきたので、面食らってペンを落としてしまった。ペンはチャンスとばかりにすばやく走りだす。リリアの視線は、私の持っているトランクに向いていた。私はリリアの勢いに気圧されつつ答えた。

「王子のおまけで、医療視察させてもらうんです」

「どうしてあなたみたいな子供が……今、外は危ないんでしょ？」

「大丈夫ですよ。旅なら前もしてましたし」

私がそう言うと、リリアがハッとした。彼女は表情を陰らせてつぶやいた。

「そうよね……私がとやかく言うことじゃないわ」

「いえ、心配してくださってありがとうございます」

「これ、よかったら、お守りになると思うわ」

リリアはそう言って、首から外したロザリオを手渡してくれた。私はロザリオを首からかけた。普段こういうものはつけないので違和感があるかと思ったが、不思議とその重みはしっくりきた。

ペンを捜して周囲を見回すと、ちゃりちゃりという金属音が鳴り響く。

「ペンならたぶん裏庭にいると思うわ。あそこは猫のたまり場になっているから」

リリアは私の考えを読み取ったのだろう。優しい声でそう言った。

「そうですか。ありがとうございます」

そう言って裏庭に向かおうとしたら、リリアが声をかけてきた。

「エリー、あのね……」

視線が合うと、彼女は目を伏せて、「なんでもないわ」と言った。聞き返そうとしたら、リュウリがやって来た。

「エリー、そろそろ行こう」

そう言われても、私はなぜか歩きだすことができなかった。こちらを見ているリリアの表情が気になったのだ。切なそうで、なにか言いたげな顔をしていた。リュウリは私とリリアを見比べ、私の背を押した。私は振り向きざまに慌てて言う。

「あのっ、私が旅に出ている間、ペンをよろしくお願いします！」

リリアはなにを言おうとしていたんだろう？　私はうしろ髪を引かれながら聖堂を出て、竜に乗ってその場を後にした。

竜が翼を動かすたびに、教会はどんどん遠ざかっていく。ディアたちと旅していた頃は、帰る場所なんかなかった。私が死んでも誰も困らなかった。だけれど今は違う。私の帰りをペンが待っているのだ。

ちゃんと行ってきますって言えなかった。ペン、怒ってるかな……。

ふと、数日前に彼女とかわした会話がよみがえってきた。ペンは以前人間だったという話だ。

とある日、丸まっている姿がナンみたいだと言ったら、ペンが烈火のごとく憤慨した。

『わいのほんまの姿を知らんのやな！』

『知ってるよ。もう何ヶ月も一緒にいるんだから』

『ふん、たった数ヶ月で知った気になってもらったら困るがな。わいはほんまは、リュウリはんにも負けんくらいおっとこまえなんやでぇ』

そんなことありえないと笑ったら、猫パンチを繰り出してきたっけ。

リュウリとペンはまったく似ていないけれど、私にとってふたりは同じくらい大切な存在だ。もしなにかあってペンに会えなかったらと思うと、すごく寂しくなってくる。思わずため息をつくと、サイが話しかけてきた。

「やっぱペンがいないと寂しい？」

「ちょっとだけ」

「大丈夫だって、教会に預けとけば安心だから」

私はサイの言葉に微笑んでうなずいた。城門に着くと、リュウリは検問を受けるためにリードを降下させた。サイもそれに続く。

リュウリが検問を受けている間、ロザリオをいじっていた私に、ヨークが話しかけてくる。

「エリー、それどうしたの？」

「あ、リリアさんにもらったんです。お守りだって」

「へえ、ちょっと見せてもらっていいかな」

ヨークはロザリオを受け取って、しげしげと眺めた。彼はほっそりとした人さし指でロザリオの表面をなぞる。

「質のいい銀を使ってるね。それにこの宝石はルビーかな。あれ、裏に紋章が……」

その時、竜のしっぽにしがみついていたなにかがひょっこりと顔を出した。私はぎょっとしてその生き物を見た。慌てて抱き上げて、門のうしろに隠れる。私は辺りに注意を払いながらささやいた。

「ペン⁉　なんでここにいるの」

いったいどうやってついてきたのだ。てっきり、裏庭でほかの猫と戯れていると思ったのに。

呆然としている私を見上げて、ペンは自慢げな顔をする。

「竜のしっぽのうしろにしがみついてきたんや。わいのマッスルなら余裕やで」

そう言ってペンが差し出したのは、肉づきのいいもふもふした前足である。その仕草がかわいらしいとは思ったものの、私は心を鬼にして言った。

「駄目よ、ペン。留守番していて」

「なんで駄目なん？」

「今回のことは王子のご好意なのよ。ペンまで連れていくわけにはいかない」

「なんや、王子王子って。エリーは王子とわいとどっちが大事なんや！」

ペンはすねたような声で言って、猫パンチしてきた。そんなことを言われても困ってしまう。

「それ、僕も興味あるな」

その声にぎくりとして振り向くと、腕組みをしたヨークが立っていた。私は顔を引きつらせる。

「お、王子……」

「よほどエリーが好きなんだね、ペンは」

「すみません、今すぐ教会に戻しますから！」

「いいよ。ペンって普通の猫じゃないし、なにかの役に立つかも」

本当にそれでいいのだろうか。リリアにペンのことを頼んでしまったし、きっと今頃捜しているだろう。

困っていると、元凶であるペンがなぜか私を励ましてきた。

「そう心配せんでも、なんとかなるやろ」

「それ、ペンが言うセリフじゃないよ……」

私はため息をついて、ペンを抱いてサイとリュウリのところに向かった。ペンを見たリュウリは一瞬表情を和らげたが、すぐにいつも通りの顔に戻った。サイはといえば、眉を上げてペンを見ていた。

私はサイの、ヨークはリュウリの竜に乗る。

「あの、ペンを連れていって大丈夫でしょうか……」

「今さら置いていけないだろ？　教会には伝令を出せばいいよ」

王子はそう言って、門兵に言伝をした。その後、彼は小さな手で自分の顎をなでる。

「ただ……」

「ただ？」

「マリン姫は猫が嫌いなんだよね……」

私はその言葉に顔を引きつらせた。

それって、全然大丈夫じゃない気がします。

私たちを乗せた竜が、大空へと飛び立った

第二章　旅路の出会い

リュウリとサイの操る竜が列をなして飛んでいる。私はサイのうしろで、上空からの景色を見下ろしていた。眼下には、森の中にぽつぽつと点在したデルタ地区が見えている。ペンは竜の背から身を乗り出して、興奮ぎみに叫んでいる。

「うおーっ、高い！　わいは世界一高いとこにいる猫やあああ」

「ペン、落ちるよ！」

「はあ、なんだって王子はこんなやかましい猫を連れてく気になったんだろ」

サイは手綱を握りながらそうぼやいた。私はペンが落ちないよう必死にホールドしながら、サイに尋ねる。

「レイナスの宮城までって、どれくらいかかるんですか？」

「そうだなー。竜だと三日くらい？」

サイはそう言って、行く先を眺めた。竜に騎乗するのは世界最速の移動方法とされているが、それでも結構かかるのだ。はたして着替えが足りるだろうか……。そんな心配をしていたら、リュウリの操っている竜、リードが鳴き声をあげた。

振り向くと、リードはそわそわと頭上を見ている。どうしたんだろう。私がリードの方をうかがっていると、ペンがヒゲをそよがせて、頭上を見た。

「お、雨が降りそうやでえ」

「え、ほんとに？」

「ほんまやで。わいを誰だと思っとるんや。伝説の勇者やで」

「まだそれ言ってんの？」

「事実やんか」

「まあ、たしかにしゃべる猫なんて珍獣中の珍獣だ。ある意味伝説だな」

「ふん、好きなように言ってなはれ。わいはあんたみたいな万年平団員とは違うんや」

サイとペンが軽口をたたき合っていると、ぽつりと降ってきた雨が頬に落ちた。雨脚は次第に勢いを増して、私たちの髪や衣服を濡（ぬ）らす。ばさりという翼の音が響いて、横を見ると、リュウリの乗った竜が並行して飛んでいた。彼は手綱を取りながら、サイに声をかける。

「雨が弱まるまで休もう」

「はいよー」

二頭の竜が、降りしきる雨の中、森へと降りていく。地面にたどり着くと、ペンはぶるぶると体を振って雨粒を飛ばした。雨に濡れないよう大きな木の下に入り、木陰の合間から曇天を見上げた。リュウリは荷物からタオルを取り出し、ヨークに差し出している。ヨークはそのタオルを私に渡した。

「はい、エリー」

「私より、王子が先に拭いてください」

譲り合っていたら、リュウリがもう一枚タオルをくれた。ヨークは濡れて重くなった金髪をつまんでつぶやいた。

「こんなところで足止めなんて、ついてないね」

「いつくらいにやむと思う？　ペン」

私が尋ねると、ペンがヒゲをピクピク揺らした。

「そうやなー。あと一時間ってとこか」

「そんなにかかるのかー。暇だし、みんなでカードゲームでもする？」

サイはそう言って、懐からトランプを取り出した。なんでそんなものを持っているんだろう。

彼は手慣れた仕草でカードを切ってみんなに配った。

雨がやむまで何回か勝負したが、すべてヨークが勝った。リュウリとサイの様子を見るに、おそらく手加減したわけではないのだろう。

「俺、たまに王子って、人生五回目とかじゃないのかな、って思うんだよね」

サイのつぶやきを聞いて、私はぎくりと肩を揺らした。本物の子供であるヨークがそう見えるということは、ふたりから見たら、私はさらに子供らしくはないのだろう。冷や汗をかいていると、ペンが空を見上げた。

「あ、晴れたで」

ペンの言う通り、雨がやんだのは、ほぼ一時間経ってからだった。サイは感心したようにペンを見る。

「へえー、意外と役に立つな、この猫」

ペンは自慢げに胸を張って、褒めろと言わんばかりの目で私を見てくる。あんまり褒めると調子に乗るから、なでるだけにしておいた。私たちは再び竜に乗り、レイナスに向かって飛び始めた。


二時間ほど竜に乗って飛んでいくと、澄んだ空がだいだい色に染まり始めた。夕闇の空気と混ざり合い、狼煙（のろし）が上がっているのが見える。おそらくあそこが野営地なのだろう。

そこに降り立つと、騎士たちが宿泊の準備をしていた。その中にはジンとキイスもいる。ジンは如才なく皆と会話しているが、キイスはよそ者のせいなのか、ずっと顔を隠しているせいなのか、集団から離れた場所で薪（まき）割りをしていた。

あのふたりはどうやってここまで来たんだろう……。そう思っていたら、サイが私に近づき耳もとでささやいた。

「ジンって奴、竜を乗りこなしたらしいぜ。本来、竜騎士しか乗れないはずなのに」

「え、そうなんですか？」

「ああ。よっぽど身体能力が高いのかねえ。なんか必死になって訓練を受けたのがバカバカしいよな」

サイの言葉には若干のやっかみが交じっていた。そんなにすごい人には見えなかったけれど。

子供相手に大人げなかったし。能ある鷹は爪を隠すってやつだろうか？　リュウリはリードの手綱を木にくくりつけ、騎士たちに指示している。私はリュウリに近づいていった。

「あの、なにか手伝うことはないですか」

「疲れただろう。ゆっくりしていてくれ」

そう言われても、みんなが働いているのにぼうっとしているのも気がとがめる。うろうろしていたら、ジンがひょいっとこちらを覗き込んできた。彼が首からかけているチェーンが音を立てる。

「あんた、エリーだっけ？　本当についてきたんだな」

「は、はい……あの、なにかやることないですか」

「はは、俺たちは一応野営のプロだからな。子供にできることはないよ」

ジンは及び腰になっている私の頭をぐしゃぐしゃとなでて、さっさと設置途中のテントの方へと歩いていった。

暇だし薬草でも探しにいこうか。そう思い、その場を離れようとしたらリュウリに呼び止められた。

「エリー、どこに行くんだ」

「薬草を取りにいこうと思って」

「森の中は見通しが悪いし、どこにモンスターがいるかわからない」

つまり駄目ってことだろうか。しょんぼりしていたら、木にもたれて本を読んでいたヨークが口を開いた。

「じゃあ、僕がついていこうか」

「王子……そういう問題では」

「だってリュウリはここを離れられないでしょ。行こう、エリー」

ヨークは本を閉じて、手を差し出した。私がリュウリとヨークを見比べていると、ジンがすっと前に出てきた。そして彼は私とヨークの肩を叩いて笑みを浮かべた。

「王子のお守りなら俺がしますよ。子供とは相性がいいんで」

「ただの子供ではない。この国の王位を継ぐ方だぞ」

「どっちかっていうとあんたは、お嬢ちゃんを心配してるように見えたけれどね」

ジンの軽口にリュウリが眉をひそめていると、ヨークが口を開いた。

「心配してくれなくても大丈夫だよ。ペンもいるしね」

ヨークの言葉を聞きつけ、スープ用の干し魚を狙っていたペンがこちらにやって来た。ペンはヒゲをそよがせ、ふわふわの胸を張った。

「いやあ。なかなか懐のでっかい子やないか。将来大物になること間違いなしやで」

いったい、何様目線なのだこの猫は。私はあきれて、横目でペンを見た。ペンが太鼓判を押さなくても、ヨークはこの国の王になる存在である。

私はヨークとジン、ペンと一緒に森の中を探索し始めた。私が探しているのはネトルというハーブだ。意外とどこにでも生えていて、主成分のケルセチンはアレルギーに効く抗ヒスタミンの作用がある。アレルギー薬の精製に使えるかもしれない。ジンはネトルをつむ私を見てニヤニヤ笑った。

「お花をつみにきたのか。かわいらしいねえお嬢ちゃん」

「お花じゃなくて、ハーブをつみにきたんです」

「いいのいいの。それにしたって、有名な竜騎士団のがこんなに楽な仕事だとは思わなかったぜー」

ジンはそう言って伸びをした。彼の言葉にはどことなく皮肉が交じっている気がした。感じの悪い人だわ……。ヨークは聞こえていないのか、聞いていないふりをしているのか、なにも言わなかった。

私の足もとで虫を追いかけて遊んでいたペンは、お腹が減ったのか、ネトルをかじっている。しかし、すぐに吐き出した。

「ぺっ、まずっ」

「そりゃあそうだよ、ハーブだし」

「ネトルは『針』という意味があるんだよね。茎にトゲがあるから」

ヨークはそう言って花を手にした。儚(はかな)げな美少年なので、可憐(かれん)な花がよく似合う。彼は利発そうな面立ちをジンに向けた。

「一見親しみやすそうなのに、触るとチクチクする。ちょっと君に似ているね、ジン」

「どこが？　俺にトゲトゲしさなんてないだろ？」

その言葉に同意するものはいなかった。ジンは気にせず視線を動かし、近くにあった井戸に向けた。

「お、井戸がある。なにかあった時のために水をくんどくか」

ジンは井戸の方に歩いていって、古びた縄を手繰り寄せ、釣瓶（つるべ）を引き上げた。私はジンについていって井戸を覗き込んだ。井戸の中に青いものが見えて、思わず息をのむ。あれは……ヤドクガエルだ。私は水を飲もうとしているジンを慌てて止めた。

「あの、そのお水は飲まない方がいいです」

そう言ったら、ジンが首をかしげてこちらを見た。

「へ？　なんで？」

「ヤドクガエルがいるからです」

「カエルくらいどうってことないだろ」

ジンはさっさと水をくみ上げて、飲んでしまった。彼は口もとをぬぐって笑みを浮かべる。

「ほらな、なんともないだろ」

たしかに、彼はピンピンしていた。どうやら取り越し苦労だったようだ。ジンはニヤニヤ笑いながら、「カエルに詳しいねえ、お嬢ちゃん」と言った。べつにカエルに詳しいわけではないし、好きでもないが、ヤドクガエルのことは本で読んで印象に残っていたのだ。しかし、本当に杞憂だったのだろうか。ジンは傭兵だけあって、丈夫なのかもしれない。そう思っていたら、ヨークが尋ねてきた。

「ヤドクガエルってどんなカエルなの？」

「主に武器矢に使われる毒なんです。少量ならば問題ありませんが、この井戸は巣になっているみたいなので」

「たしかに、百年前の戦では矢に毒を塗ってたって言うよね」

ヨークはそう言って井戸の中を覗き込んだ。カエルと聞いて狩猟本能が刺激されたのか、ペンは近くの木で爪をといでいる。

こちらにやって来たペンが井戸をよじ登ろうとするので、私はペンが井戸に落ちないように抱き上げた。ペンは私の手の中でじたばたと暴れている。ジンには影響がなくても、ペンは小さいから毒が回りやすい危険がある。そのことをペンに忠告すると、私はハーブ探しを再開した。

結局ネトルだけを手に入れ、私たちはその場を後にした。

野営地に帰ると、煮炊きのいい匂いがしていた。ちょうど夕食ができあがったようだ。ペンに猫缶すぺしゃるを与えていると、サイがスープをよそってくれた。設置されたテーブルにはいくつか料理が並んでいたが、すべてサイが作ったものだという。どうやら彼は食べるだけでなく、調理が得意らしい。サイは自慢げに腰に手をあてた。

「たくさんお代わりしてくれ。材料はたっぷりあるからさ」

「へえ、さすが竜騎士団様は大盤振る舞いだな」

鍋を覗き込んだジンがそう言って、ニヤニヤ笑いながら私の方を見た。

「傭兵団は食料がなくなったら、カエルとかネズミを食うんだ。さっきカエルを見つけたけれど、このお嬢ちゃんが毒があるから駄目だってさ」

「ジン、べらべらしゃべってないでさっさとしろ」

うしろに並んでいたキイスが不機嫌な声で言った。ジンは肩をすくめて、スープを手にその場を去っていき、騎士団の輪の中に入った。

キイスはスープだけを受け取って、みんなから離れたところに座る。彼はジンとは普通に会話するものの、いつも一緒にいるわけではないみたいだ。

サイの作った食事を食べたのは初めてだったけれど、スープも、おかずもとてもおいしかった。サイって意外な特技があるんだな。

紺碧（こんぺき）の夜空に星がまたたいている。静かな野営地には、パチパチと薪の爆ぜる音が響いていた。私はサイが作ってくれたココアに、あぶったマシュマロを入れたものを飲んでいた。優しい甘さで、なんだかほっとする。

ヨークは疲れていたのか、食事をしている最中からうとうとしていて、食後すぐ眠りについた。ペンも眠かったのか、同じくさっさとテントに行ってしまった。

騎士たちは思い思いに過ごしているが、キイスの姿は見あたらない。どこへ行ったのだろうと思っていたら、火の番をしていたジンがのんきな調子で言う。

「お嬢ちゃんも寝たら？　夜ふかしすると背が伸びないぜ」

ヨークの言う通り、ジンの言葉にはトゲを感じる。むっとしていると、リュウリがこちらにやって来た。

「交代するから休め、ジン」

「いいですよ、団長様は王子様のお守りがあるんでしょ？　子守唄でも歌ってあげろよ」

「王子を侮った発言は控えろ」

「へいへい」

ジンは肩をすくめて去っていった。リュウリが隣に腰掛けてきたので、私はどきっとした。彼の座った側が熱くなった気がして、手であおいでいると、リュウリが口を開いた。

「薬草は採取できたか」

「あ、はい。ネトルを手に入れました。本当はエルダーフラワーが欲しかったんですけれど、生えていなくて」

「レイナスに着けば薬草も手に入るし、研究室を貸してもらえると思う」

医療大国レイナスならば、資料も豊富だろうし、最新の機器もあるだろう。それまでにできるだけ薬草を集めて、新薬のレシピをまとめておこう。

リュウリは薪をくべて火の量を調節しながら、私の胸もとに下がっているロザリオに視線を向けた。

「出発する前、リリアはなんて言ってた」

「えっと、いろいろ気をつけるようにって」

「そうか。旅が終わったら、教会に顔を出すといい」

リリアの名前を出した時、リュウリの横顔が一瞬緩んだ気がした。リュウリってもしかしたら、リリアのこと好きなのかな……。美男美女だし、お似合いかも。そう考えたらなんだか胸が痛くなって、私はロザリオを握りしめた。炎によって地面に伸びている影は、完全に大人と子供のもの。

炎を見ているとだんだん眠くなってきて、私はゆらゆらと頭を動かした。リュウリは私の手からココアのカップを取り上げて、「もう寝たらどうだ」と言った。

「はい……」

私は半分寝ぼけながら、自分のテントへ向かう。テントではすでにペンが大の字で寝ていて、かなりのスペースを取っていた。寝相が悪いなあ……。

私はテントの端っこに寝袋を持っていき、そこに潜り込んだ。

物音を聞いた気がして、私はうっすら目を開けた。ぼんやりとした明かりがゆらゆらと揺れている。あれはなんだろう……？　ホタルだろうか。いや、この季節にホタルなんていないはずだが……。

これは夢かもしれない。

私は再び夢の中に落ちていった。


翌朝、目覚めるとペンの丸い背中が視界に入った。昨日はど真ん中で寝ていたのに、こっちに転がってきたみたいだ。

完全に眠っているらしく、ぐおーぐおーといういびきが聞こえてくる。

着替えてテントの中から起き出した私は、んーっと伸びをした。いつもと違う環境だから眠れるか心配だったけれど、リュウリと話したおかげかぐっすり眠ることができた。森には澄んだ朝の空気が漂っている。清涼な風が髪をなでていく。――水の気配がする。その気配を追って、私は歩を進めた。しばらく歩いていくと、湖畔にたどり着いた。澄んだ水が朝日に照らされ、キラキラと輝いている。

そうだ、以前こういう湖で、リュウリと出会ったんだった。そして奇跡のように美しい、ユニコーンの親子を見た。彼らのことを思い出したら涙がこみ上げてきて、私は息を吐いた。

背後で草を踏む音がしたので振り向くと、そこにはリュウリが立っていた。

「あ、おはようございます、リュウリさん」

「早いな」

こちらに歩いてきたリュウリは私が涙ぐんでいることに気づいたのか、眉をひそめた。私は慌てて目もとをぬぐう。

「どうかしたか」

「いえ……ちょっと、目にゴミが」

感情が刺激されたせいで、声が震えてしまった。

「あ、この草はオレガノといって胃にいいんですよ」

リュウリに心配をかけたくない。なんとかごまかそうと、足もとに生えている草を指差し明るい声を出す。リュウリはじっとこちらを見ていたが、なにも言わなかった。

薬草をつみ終えて、リュウリと一緒に野営地に戻ると、なにかを言い争うような声が聞こえてきた。騎士団のみんなが集まってなにかを話し合っている。中央にいるのはサイとルイだ。

なんかあったのだろうか？

私とリュウリは彼らに近づいていく。リュウリはサイとルイを仲裁すべく、彼らの間に入る。

「なにがあった」

「食料がないんです」

サイは半泣きになって積み荷を指差した。たしかにそこにあったはずの、何日かぶんの食料が消えている。どういうことかと思っていると、ルイが眼鏡を押し上げた。

「君、寝ぼけて食料を食べ尽くしたんじゃないんですか」

「いやそんなわけないだろっ。俺はどんだけ大食いなんだよ？」

「否定はできませんね。こっちは君の意地汚さを知ってますから」

サイとルイの間に険悪な空気が流れたその時——。

「そういえば、奇妙な光を見た」

いっさい口を開かなかった男が口を開いた。みんなから少し離れたところで、事態を静観していたキイスである。

騎士団員たちは初めてキイスの存在に気づいたとでもいうように、彼を凝視した。エリーもまじまじとキイスを見る。

「え……いつ？」

「深夜だ。あんたらはのんきに寝てた」

「なんでみんなを起こさなかったんだよ⁉」

「そういう指示は受けていない」

サイはキイスを見て絶句した後、訴えるような眼差しでリュウリを見た。リュウリは責めることはせず、キイスに犯人の手がかりを尋ねた。

キイスは「暗くてよく見えなかった」と答える。私はその答えに違和感を覚えた。

光が見えたのに、顔を確認できなかったというのはおかしくないだろうか。それに、奇妙な光っていったいなんなのだろう。

じいっとキイスを見ていると、彼が視線を返してきた。フードから覗いたその鋭い眼光に怯えて、私は慌てて目を伏せる。ジンは腕組みをして首をかしげた。

「少人数ならいいけれど、この人数分の食い物がないとなると困っちまうなあ」

騎士団と私、ヨーク、キイスたちを入れると合計十二人分の食料だ。それに、荷物の中には特別に調合された竜の餌も含まれている。犯人はあれだけの食料を盗んでどうしようというのだろう。盗むのに時間もかかるだろうし、気づかれたら捕まって厳重な処罰を受けることはわかっているはずだ。盗賊団の犯行なのだろうか？　それとも……。

私がいろいろと考えている間に、騎士たちは次の話に移っていた。食料泥棒を追う時間はないので、いったんこの地区のギルド街に出て、食料を調達しにいくということに決まったようだ。リュウリが騎士団に指示を与え始めたので、私は思いきって口を開いた。

「あの、もしかして魔道士の仕業ではないでしょうか」

その言葉に、騎士団員たちが動きを止めた。

「どういうことだ、エリー」

「私、以前魔道士と一緒に旅をしていたんです。彼らはなんでも隠せるし、持ち運べます」

「なるほど、魔道士ね。悪くない意見だぜ」

ジンはそう言って両手を広げた。そう言いつつ、彼の表情には馬鹿にしたような色が滲(にじ)んでいた。

「しかし魔法を使ったということは、要するに、犯人はなんにも証拠を残さずどろんしたってことだろ？　たとえ捕まえても証拠がなきゃな」

「でも、捕まえれば次の被害が防げます」

「俺たちは国境警備隊じゃないんだよ、お嬢ちゃん。王子様をレイナスに送り届けるのが使命なんだからな」

そう言ったジンの瞳は冷たかった。目撃者であるキイスも黙っている。騎士団員たちも私の味方をしてくれなかった。ヨークもなにも言わない。

「まだ近くにいるはずなので、捜し出せるかもしれません」

説得するとしたら、団長のリュウリしかいない。そう思って彼を見ると、彼は少しだけ困ったような顔でこちらを見た。

「エリー、今は先を急ぐことが重要なんだ」

リュウリは諭すように言って、騎士団員たちに向き直った。

「街に降りて食料の確保を」

リュウリの指示を受け、各々動き始めた。私はひとり立ち尽くす。

私、余計なことを言ってしまったんだ。でしゃばったと思われたかな……。

しょんぼりしていたら、サイが肩を叩いてきた。

「心配するな、エリー。新しい食料でうまい飯作るからさ」

「はい……」

街で食料を確保するという余計な行程が増えたため、私たちは予定より一時間ほど遅れて出発した。次の野営地まではおよそ三時間だという。

しばらく飛んでいくと、狼煙が上がっているのが見えた。赤い煙ということは、救援信号だ。

サイもそれに気づいたようで、目を細めている。リュウリが私たちを追い越して、ルイの竜に近づいていく。リュウリたちはなにかを話し合っているようで、しばらく並行して飛んでいた。

しばらくして、ルイの竜が狼煙の上がっている方向へと下降していった。私はサイの袖を引っ張った。

「なにがあったんでしょう？」

「さあ」

「気になるから降りてんか」

ペンの言葉に、サイが眉を上げた。

「はあ？　なんで猫の言うこと聞かなきゃなんないんだよ」

「あー、びびっとんやなあ。せやからあんたは、万年平団員なんや。リュウリはんがあの眼鏡を頼るはずやわ」

サイは顔を引きつらせて、竜の手綱を取った。竜は徐々に森へと降下していく。まんまとペンの口車に乗せられてしまったみたいだ。

サイってちょっと単純なんじゃないだろうか。

ついそんな失礼なことを考えてしまった。

地面に降り立つと、ルイと何者かが道ばたで話し合っているのが見えた。格好や雰囲気を見るに、どうやら冒険者のようだ。

彼に近づいていった私は、あっと声をあげた。そこにいたのは、以前の旅の仲間である、魔道士のユウリだったのだ。彼も私に気づいたらしく、嫌そうに眉をひそめた。ルイはちらっとサイを見る。

「なぜ君が来るんです？　団長の命を受けていないでしょう」

「あんたひとりじゃ処理できないかと思ったんだよっ」

猫にそそのかされてやって来たとは言えないらしく、サイはそう虚勢を張った。

「くだらないことでもめるのはやめてくれ。こっちには病人がいるんだ」

ユウリはルイとサイの言い合いをぴしゃりと遮った。ルイは咳払いして、病人のところまで

案内するよう言った。ユウリは私たちに背を向けて、さっさと歩きだす。サイは眉を上げて、

「あいつ、どっかで見たことあるな」とつぶやいた。

「彼はエリーの仲間だった魔道士ですよ」

一方、ルイはユウリのことを覚えているようだった。

「え、そうなの⁉」

「君も会っているはずでしょう」

「女子ならともかく、男の顔なんてじっくり見ないし」

「君って人は……」

ルイはあきれて、ユウリの後を追って歩き始めた。私とサイもその後に続く。ペンはといえば、ちょうちょを追いかけて辺りを走り回っていた。ペンが気になるって言ったから来たのに、もう飽きてしまったのだろうか。

ユウリは私たちを誘導し、開けた場所にある野営地へと入っていった。テントの前には、仲間らしき女性が座っている。彼女はいぶかしげに眉を上げ、ジロジロと私たちを見た。テントの中に入ると、まだ十四、五歳ほどの少年が寝かされていた。もともと色白のようだが、さらに蒼白になっている。

これは……なにかの毒にあたったのだろうか。

私がユウリを見ると、彼はオレンジ色のキノコを差し出してきた。笠には半分ほど食べた痕

跡があった。サイは毒々しい色のキノコを見て眉を上げた。

「なんでこんなもん食ったんだ？　よっぽど食料難だったのか」

「三食なに不自由なく与えてた。目を離した隙に食ったんだ。おかげでこっちは迷惑してる」

ユウリは不機嫌そうな口調で答えた。そもそも、彼はなんでこの少年と一緒に旅をしているのだろう。身なりからして、冒険者には見えないが……。

私は病人のそばに膝をついて、少年の口の中を覗き込んだ。脇から覗き込んできたサイは、うえっと声をあげた。毒で口内がただれて、ひどいことになっている。

解毒薬を作らないと……。

私はユウリに毒キノコを渡すように言った。ユウリは怪訝（けげん）な顔でこちらを見る。

「おい、まさかおまえが薬を作るのか」

「ほかに薬を作れる奴はいないんでねー。俺も副団長も、腹痛と頭痛薬の区別すらつかないからさ」

サイと一緒にされたルイは、不本意そうな顔でうなずいた。ユウリは仕方なさそうな表情でキノコを渡してきた。

とりあえず、このキノコがなんなのかを調べなくては。私は薬草図鑑を取り出して、毒キノコと照らし合わせた。図鑑には載っていないから、新種のキノコだろうか。半分ほど食べても生きているから、猛毒というわけではないだろう。

毒性を確かめるため細かく切った毒キノコを食べようとしたら、サイが慌てて止めてきた。

「おいおいエリー、なにしてんの」

「どういう毒性なのかと思って」

「いや、だからって食うなよ。エリーまで倒れたら困るって！」

たしかにそうだ。しかし、キノコの毒性がわからない限り、薬を作ることはできない。ルイははあ、とため息をついた。

「仕方ないですね。君が食べなさい、サイ」

「いやなんでだよ⁉」

ルイとサイのいさかいに、ユウリがうんざりした顔をしている。

ふと、昨日のジンの発言を思い出した。ジンは遠征に出た際は、各地に生えている植物や、野生動物を食べていると言っていた。彼ならもしかして、このキノコについて知っているかもしれない。

私はサイに、ジンを呼んできてくれないかと頼んだ。ジンをよく思っていないのか、サイは眉間にシワを寄せる。

「なんであいつを？　もう結構先に行っちまってると思うけれど」

「お願いします」

私が食い下がると、サイはルイに向き直った。

「さいしょはぐー！　じゃんけんぽん！」

サイのかけ声に、ルイはとっさにパーを出した。サイはグーである。勝負に負けたサイは、しぶしぶテントを出ていった。

私はできるだけ少年の症状を和らげるために、回復用ポーションを服用させた。だいぶ顔色がよくなったが、解毒ができていないので、このままだと症状が悪化する可能性がある。

サイがジンを連れて戻ってきたのは、それから三十分後だった。テントに入ってきたジンは、オレンジ色のキノコを見てげっとつぶやいた。

「それ食ったのか？　どこの馬鹿だよ」

「馬鹿には違いないが、こう見えて第五地区の領主の息子だ」

そう答えたのはユウリだった。ジンはユウリを指差し、「誰コイツ」と尋ねた。その問いかけに答えたのはサイだった。

「ディアっていう馬鹿がいて、そいつにくっついて旅してた馬鹿な奴」

「なるほど、つまりめちゃくちゃ馬鹿なんだな」

ジンはユウリの苛立ちのこもった視線を無視し、毒キノコをくるくる回した。

「これは『彼岸(ひがん)キノコ』っていってな。残念だが解毒方法はない。そのガキは死ぬ」

ユウリは、軽い口調で言ったジンを睨みつけた。

「それじゃ困る。こっちはこのガキの護衛で金をもらってるんだ」

「俺の知ったことじゃないね。さ、馬鹿どもに関わってないで行こうぜ、エリーちゃん」

ジンはそう言って私を抱き上げようとした。私はその腕をすり抜けて、ジンを見上げる。

「このキノコの毒性について、詳しくわかりませんか」

「知らないよ。俺は薬師でも医師でもない。ただ、じいさんが医師をしてたな。これを食ったら死ぬって教えられてたんだ。ひと口くらいならまだしも、こいつは半分も食ってるんだぜ」

ジンはそう言って、苦しんでいる少年を指差した。しかし、実際少年は死んでいない。ということは、死なずに済んだ理由があるはずだ。私はユウリを振り返って尋ねた。

「このキノコ、どこに生えていましたか」

ユウリは私の問いを無視している。代わりに、パーティーメンバーのひとりが手を上げた。

「私、案内するよ」


彼女に連れられて森の奥へと歩いていくと、彼岸キノコが大量に生えていた。カラフルな原色で見た目が毒々しいのも相まって、食欲をそそるとは言いがたい。よくこれを食べる気になったものだ。

私はキノコの群れから視線をはずし、近くに生えている雑草に目をやった。人が入り込んだ形跡がある。見慣れない薬草だが、なんだろう。薬草図鑑を開いて調べていると、私の行動を観察していた女性が声をかけてきた。

「ねえ、そんな草がなんだっていうの？」

「さっきの男の子、どういう経緯で旅をしてるんですか？」

「第五地区の領主は医師なんだよ。あの子は——エイトはレイナスの大学の受験に行く途中だった」

「まあ、あの調子じゃ受けても落ちるだろうけれどね」

女性はそう言って肩をすくめた。ユウリたちは領主に雇われて、レイナスに彼を送り届けるところだったのだろう。

女性と一緒にテントに戻ると、ユウリは怪訝そうな顔で私が持っている草を見る。

「なんだその雑草」

「彼とふたりだけにしてもらえますか？」

「は？　なに言ってるんだよ」

サイとルイを見ると、ふたりはうなずいてユウリや女性を追い出した。

「はい、出た出た」

「なんなんだよ、いったい」

テントからみんなが出ていった後、私は少年に声をかけた。

「エイトさん」

　エイトはうっすらと目を開いてこちらを見た。額に汗が滲んでいて、とてもつらそうだ。私が薬草を見せると、エイトがハッと顔をこわばらせた。この顔色の悪さは、毒にあたったせいだけではないはず。背を向けた彼に、私は尋ねる。

「この草がどういうものか、知っていますよね」

「……知らない」

「これは、解毒用の草です。この森にしか自生しないものみたいですね」

　だから、ジンは解毒法がないと言っていたのだ。エイトが助かったのは奇跡に近い。彼は、たまたま解毒の薬草について知っていたため助かったのだ。

「もしかして、わざと彼岸キノコを食べたんじゃないですか？　大学の試験を受けたくないから……」

　エイトは黙り込んだままだ。彼が話したくないなら、無理に尋ねるわけにもいかない。私は解毒用の草をすりつぶし、ポーションを作ってエイトに差し出した。しかし、エイトは口をつけようとしない。ため息をついていたら、エイトが口を開いた。

「君……いくつ？」

「九歳です」

「その年で薬師なの？　すごいね」

　中身は成人しているので、まったくすごくないのだけれど。曖昧に微笑んでいると、エイトが呟き込んだ。私は彼の背中をそっとなでる。エイトは喉を押さえ、かすれた声でつぶやく。

「情けないな。僕、君より年上なのに、試験を受けるのが怖いんだ」

「でも、医師になりたいんでしょう？」

「いいや。親が決めたんだ。僕の親は外聞を気にしてるから。本当は、僕には医師なんて向いてない」

エイトは弱々しい声で言って目を伏せた。ポーションを飲んでほしかったが、自ら毒を食べるほど思いつめているのだ。自分から飲む気になるまでそっとしておこう。

ポーションを枕もとに置いてテントから出ると、ユウリがどうだったと尋ねてきた。かぶりを振ると、ユウリが眉根を寄せた。

「薬を飲ませたんじゃないのか」

「エイトさんは飲みたくないみたいです。患者さんが嫌だと言ってるのに、無理やり飲ませるわけにはいきません」

ユウリは舌打ちし、テントの中に入った。私は慌てて彼の後を追う。ユウリはエイトの襟首を掴んで、ポーションを無理やり飲ませようとしていた。

「おい、さっさと飲め。あんたを連れていかないと、こっちは報酬がパーになるんだ」

「やめてください！」

私はユウリに駆け寄って、彼の腕を掴む。ユウリは私の手を振り払い、エイトに杖を突きつけた。

「この少年を我が意のままに操れ」

杖から出た光がエイトの体を包み込んだ。ユウリはポーションをエイトに押しつける。

「飲むんだよ、ほら」

エイトはぼんやりした顔でポーションを手にする。一気にポーションを飲んだエイトは、激しく咳き込んだ。私はエイトの背中をなでる。

しばらくすると、エイトの顔色が徐々に戻っていった。ユウリは冷たい目でエイトを見て、

「さっさと行くぞ」と言った。私は、のろのろと立ち上がろうとしたエイトをとどめる。

「待ってください。まだ安静にしていないと」

「試験は明日なんだ。グズグズしてると間に合わなくなる」

「俺たちが送ってやるよ。どうせレイナスに行く予定だし」

サイがそう言うと、ユウリが彼を睨んだ。

「人の仕事を取らないでもらおうか。――移動魔法、発動せよ」

ユウリが杖を振ると、ものすごい風が巻き起こった。吹き飛ばされそうになった私をサイが抱きとめる。一瞬、ユウリに腕を掴まれたエイトと視線が合った。

「大丈夫です。あなたならきっと、いいお医者さんになれます」

思わずそう言うと、彼は弱々しく微笑んで、「ありがとう」とささやいた。

次の瞬間、ユウリもほかのパーティーメンバーも、テントも目の前から消えていた。私はぽかんとして、さら地になった野営地を見つめた。

性格はともかく、魔道士ってすごい……。

ジンは乱れた前髪を直しながら眉をひそめる。

「なんなんだ？　あいつ」

「助けてもらっといて、あの態度かよっ」

サイも不機嫌そうになっている。ルイはとくに気にした様子もなく、私を気遣ってくれる。

「大丈夫ですか？」

私はユウリがああいう人だと知っていたので、苦笑いで応える。それよりも私は、エイトのことが気にかかっていた。解毒はできたようだったけれど、精神的には大丈夫なのだろうか。

そう思っていたら、サイが肩を叩いてきた。

「行こうぜ、エリー。団長が待ってる」

「はい……」

竜がつながれている場所に向かって歩きだすと、隣に並んだジンが話しかけてきた。

「すごいじゃねーか、エリーちゃん。あっという間に解毒薬を作るなんてよ」

「解毒草を見つけられたのは、エイトさんが食べたからです。彼は医学の知識があったから」

「いくら試験が嫌だからって、自分から毒を食うなんて俺には信じられないね」

ジンはそう言って肩をすくめた。私にも理解はできないけれど、それだけ彼が思いつめていたということなのだろう。

もう間違った判断をしないといいな……。

竜がつながれているところに行くと、草むらでバッタを捕まえていたペンが顔を上げた。

「なんや、なにがあったんや」

「たいしたことじゃねーよ、猫ちゃん」

ジンはそう言って竜に乗り上がった。ペンは不思議そうにこちらを見上げてくる。私も「なんでもないよ」と言ってペンを抱っこし、サイが操る竜の背に乗る。

竜に乗って三時間後、稜線から煙が上がるのが見えてきた。おそらくあそこに騎士団の野営地があるのだろう。サイとジンは竜を操ってそちらへ向かう。

野営地にたどり着くと、リュウリがこちらにやって来た。ルイはリュウリに事の顛末(てんまつ)を説明している。ルイとの会話を終えたリュウリは、こちらに近づいてきた。大丈夫か、と尋ねられ、目を瞬くと、彼は声を潜める。

「ユウリという男には、いい印象がない」

「なにもされてません。ユウリさんは、前から私には無関心ですし」

「そうか。ならよかった」

リュウリはそう言って私の頭をなでた。私がうつむいていると、彼が不思議そうに声をかけてきた。

「どうした?」

「えっと……ユウリさんと一緒にいた男の子のことが気になって」

「自分で毒を口にしたと、ルイは言っていたが」

私はその言葉にうなずいた。もしかしたら、また同じことをするのではないかと心配になったのだ。

「おまえがそこまで責任を負うことはない」

「でも……」

「気になるなら、レイナスについてから、その少年のことを調べたらいい」

そうか、彼は大学の試験を受けると言っていたから、無事に着いたかどうか問い合わせればいいのだ。

さすがリュウリ。

私が尊敬の眼差しを向けると、彼が表情を緩めた。

リュウリの言葉で気が楽になった私は、先ほど森でつんだ薬草をかごの中に入れた。いざという時のために、もっと薬草を集めておこうかな。

私は薬草かごを手に、ペンを連れてその場を後にした。

野営地から少し行ったところにある場所で薬草をつむ。その時、視線を感じたので顔を上げる。木の枝に腰掛けたキイスがこちらを見下ろしていた。フードの下から覗く鋭い目つきに思わず後ずさると、彼は木から下りてこちらに近づいてきた。

彼のブーツが薬草を踏み荒らす。

「なんやおまえ。エリーに近づいたら、ただじゃ済まへんでぇ」

私の前に立ち塞がったペンが、威嚇（いかく）の声をあげる。キイスはじっとペンを見て口を開く。

「その猫……」

「なんや、やるんか⁉」

「なんでしゃべるんだ」

真面目な顔で尋ねられ、ペンが拍子抜けしたような顔になった。

「はあ？　そりゃわいが勇者やからや」

「勇者……？」

キイスは顎に手をあてて考え込んでいる。ペンがなんやねんコイツ、調子狂うわとつぶやいた。私はおそるおそる彼の足もとを指差した。

「あの、薬草を踏んでます」

「ああ」

キイスは薬草の群生から足をのけ、木の根もとに座り込んだ。片膝を立てて、フードの下からじっとペンを見ている。ペンは不気味そうな顔で私のうしろに隠れた。

「あいつなんか変やで。みんなのとこ戻ろ」

「う、うん」

ペンと一緒に歩きだそうとしたら、キイスが口を開いた。

「俺の病について調べてくれないか」

そういえば、先日もそんなことを言っていた。振り向いた私に、キイスはこう続けた。

「そうしたら、食料泥棒のことを教えてやる」

「もしかして、正体に心あたりが？」

キイスは黙ってうなずいた。

彼の言葉が本当だとしたら、あの晩私が見た光は、夢ではなかったということだ。その「光るもの」が盗人と関係あると考えていいだろう。でも、正体を知っているのならなんで黙っていたのだろう。そう思ってキイスをうかがう。

「騎士団の連中は、食料よりも王子の護送を優先してた。こっちも、レイナスに王子を連れていくのが役目だ。食料泥棒なんてどうでもいいだろう」

キイスは端的にそう言った。

「かーっ、薄情なやっちゃ」

彼はじっとペンを見て目を細めた。その鋭い目つきに、私は体を緊張させる。ペンはキイスに噛みついたし、いろいろと生意気を言うから気に食わないと思っているのかも……。

「それよりもその猫……」

「は、はい」

「なでていいか」

「え？」

思わぬことを言われ、私はぽかんと口を開けた。

「い、いやや」

近寄ってくるキイスから、ペンはじりじりと後ずさっている。ペンはそのまま、キイスに追いかけられて逃げていった。

キイスって変わった人だな。怖いと思っていたけれど、案外話せばわかり合えるのかも。そういえば、肝心のキイスの病気について聞きそこねてしまった。後でまた声をかけてみようかな。

キイスに恐れをなしたのか、その日ペンはいっさい姿を見せなかった。そして、ペンがいないとキイスが私に近寄ってくることもなかった。

夕飯後、地図を広げて現在地を確認していると、ペンがテントに入ってきた。彼はキョロキョロと辺りを警戒している。

「あいつ、おらへんよな?」

「キイスさんのこと?　いないよ。そんなに怖がらなくてもいいのに」

「いーや、あいつはやばいで。あの目はまともちゃう」

ペンはそう言ってぶるりと体を震わせた。私は苦笑して、ペンに猫缶すぺしゃるをあげた。

ランプの明かりがテントに満ちている。テーブルの下では、猫缶すぺしゃるを食べてご満悦のペンが丸まっていた。私はレイナス王国への旅程を数えてみた。順調に進んで、あと二日というところだろうか?　この二日間旅がスムーズに進んだわけではないので、今後なにも起こらなければ、ペースが上がるかもしれない。あるいはもっと面倒なことが起きたりして……。

そう思うと、隣国であるはずのレイナスが果てしなく遠く思えた。

ペンが鈍い動きでテーブルの上によじ登ってくる。彼は私の手もとにごろんと寝転がり、にゃあと鳴いた。お腹をなでてやったら、ごろごろ喉を鳴らした。たまにこうやってただの猫っぽくなるのだ。彼が常日頃主張している「伝説の勇者」の面影はいっさいない。

「ねえペン、勇者の時の話、してよ」

「いきなりなんやねん。わいが話しても、いつもスルーするやん」

「こないだ言ってた、魔女の話聞きたいな」

「しゃあないなあ」

ペンはすっくと起き上がり、私が見ていた地図にもふもふした足をのせて、ある場所を示す。ここから二十キロほど先にある森林地帯である。

「わいはここで生まれたんや」

「竜酔花の森？　ここって……たしか、竜の生息地だよね」

「せやで。わいはその近くの村で竜と共に育ち、まれに見る美青年として祭り上げられたんや」

あきらかに話を盛っている気がしたが、とりあえず突っ込まずにおいた。私がおとなしく聞いているためか、ペンは気をよくして話を続ける。

モンスターにさらわれた姫君を助けたペンは、姫と結婚する権利を得た。しかし、ペンはその美しさと強さゆえに、魔女に目をつけられてしまったらしい。

ペンはしっぽを振りながら自慢げに話す。

「わいは、満月の夜にしか美青年に戻れなくなる呪いをかけられた」

「童話みたいだね」

「せやろ？　まあそのせいで、姫君との結婚はなくなってしもたんやけど」

ペンはまだ話を続けそうだったが、私の方はあきらかなつくり話を聞かされたせいなのか、だんだん眠くなってきた。私はまた今度聞くと言って布団に潜り込む。ペンは「こっからが本番やんかー！」と言いながら、不満げに私の寝袋を叩いてくる。

ペンってば想像力が豊かだよね。本気で自分が人間だって思い込んでるんだから。

うとうとと眠りにつく私の耳もとで、にゃーんという鳴き声が響いた。

翌日、野営地を後にした私たちは、レイナスに一番近いデルタ第七地区に向かった。

野営も楽しかったけれど、ベッドで寝られると思うとほっとする。

第七地区との境界の門前でのチェックを終えて街に入ると、活気のある街が私たちを迎えた。国境や竜の住む森が近いせいなのか、高い塀が設置されていて物々しい雰囲気だった。比較的穏やかな王都や、第三地区とは全然違う。

鐘楼のある櫓(やぐら)の前を通りかかると、リュウリたちを見た男が、ハッとして駆け寄ってきた。彼は興奮ぎみにリュウリの手を掴む。

「我々を助けにきてくださったのですね、竜騎士様！」

「いや……いったいなんの話だ？」

「みんな、竜騎士様がいらしてくださったぞ！」

男が叫ぶと、街の住人たちが大勢集まってきた。私はぎょっとして、思わずリュウリにしがみつく。

私たちは、あっという間に群がってきた住人たちに囲まれた。女の子に囲まれ、きゃあきゃあと騒がれたサイが興奮ぎみに目を輝かせる。

「おおお、最高だー！」

「いったいどういう事態ですか、これは」

「これじゃ進めねーな」

ルイは顔を引きつらせ、ジンはお手上げという顔をしていた。最も注目を集めているリュウリは、あくまで冷静に対応している。

「宿を取りたいのだが、案内してもらえないか。話はそこで聞く」

「それなら我が家においでください！　広さだけは十分ありますので」

男はうれしそうな顔でリュウリを屋敷へといざなった。彼は第七地区の領主で、コイルと名乗った。

コイルの言う通り、屋敷は騎士団員たちが泊まるのに十分な広さがあったため、私たちはその離れに宿泊することになった。

コイルは離れの広間にリュウリたちを通し、騎士団全員のためのお茶を運ばせると、深刻な顔で相談を持ちかけてきた。

「実は、最近頻繁に火竜が襲ってくるのです。レイナスに救護を求めたのですが、国外のことだからと応じてくれなくて」

「王都にも、火竜が襲ってきた」

「おお……なんと。それで我々を助けにきてくださったのですね」

コイルは瞳を輝かせてリュウリを見つめた。リュウリはちらりとヨークを見る。

「あなた方を助けたいのはやまやまだが、我々は王子の護衛中だ。できるだけ早く、レイナスに行かなければならない」

「そ、そんな。お願いします。もう竜騎士様だけが頼りなのです」

コイルは泣きそうな顔でリュウリにしがみついた。困惑しているリュウリの横で、優雅にお茶を飲んでいたヨークが口を開く。

「いいんじゃない？　助けてあげれば」

「王子……」

「おおっ、さすが、王子様は麗しいだけではなく、お優しいのですな！」

領主はすっかり感激してしまい、その夜は食事会を開いてくれることになった。

食事の席では、領主が熱烈な歓迎をしてくれた。振る舞われた夕飯は豪勢で、中でも自家製の卵で作ったというプディングがとてもおいしかった。野外での食事が続いていたのでみんなありがたがって食べていたが、キイスはまったく手をつけようとしなかった。領主は不思議そうな顔でキイスに尋ねる。

「おや、お口に合いませんでしたか」

「こいつはいつもこうなんですよ。なんなら、俺が食いますんで……」

サイはそう言ってキイスのプディングを取り上げると、あっという間に平らげた。キイスはとくに文句も言わず、野菜スープをすすっていた。

夕飯を終えて食後のお茶を飲んでいると、領主がいそいそとリュウリに話しかけた。

「それで、竜を退治する件なのですが……」

「竜が襲ってくる理由に、なにか心あたりはないのか？」

リュウリの問いに、領主は首をかしげた。

「それが、とくに思いつかないんです。一応竜が現れた日には、記録をつけているのですが」

領主が持ってきた暦表には、一定の間隔を空けて赤い印がつけられていた。竜が現れるタイミングには、なにか法則がありそうだ。私が暦をじっと見ていたら、領主が不思議そうに尋ねてきた。

「ところで、その子は？　誰かのお子さんですか」

「この子は天才薬師だよ。なあ、お嬢ちゃん？」

「薬師……？」

ジンの言葉に、領主は信じがたいという顔をしている。私はジンの嫌みには反応せずに暦表を眺めた。前回竜が現れたのは、ちょうど一ヶ月前だ。私は椅子から立ち上がって、窓辺へ向かった。今日はあまり天気がよくないので、月も星も雲の向こうに隠れてしまっている。ふと、風で流れていった雲の合間から、月が覗いた。

「満月……」

私のつぶやきに、騎士たちが視線を向けてきた。

「もしかして、竜が現れるかどうかには、月の満ち欠けが関係しているんじゃないでしょうか」

周期は月の満ち欠けと合致している。私がそう言うと、領主が感心したようにうなずいた。

「なるほど、天才ですな」

リュウリも同じくうなずいたので、私は慌てて言葉を添える。

「たとえばです！」

たまたま思いついただけだし、この予想があたっているかどうかはわからない。ジンがあんなことを言うから、うのみにされてしまったではないか。ルイは暦を手にして眼鏡を押し上げた。

「暦によれば、満月は明日ですね」

「なるほど、じゃあ今日は竜は出ないってことだ。寝てもいいんだよな？」

ジンはそう言ってあくびをした。しかし、リュウリは立ち去ろうとする彼を引きとめた。

「今晩中に、レイナスに王子とエリーを送り届ける」

「え……」

私は思わずリュウリを見たが、彼は気にせず言葉を続ける。

「ルイ、王子を頼む。ジン、おまえはエリーとペンを乗せていけ」

「えーっ、なんで俺なんだ？　竜退治の方がおもしろそうなのにさあ」

「レイナスに詳しくて、竜を操れるのはおまえだけだ」

ジンは不服げな顔をしている。竜と戦うなんて、私からすれば恐ろしいけれど、ジンは違うみたいだ。私は、ジンが操る竜に近づいていって声をかけた。

「よろしくね」

こちらを見る竜の瞳は無機質に見えた。なんだか、この竜、ほかの竜と違う気がする……。

私がじっと竜を見ていると、ジンが私をかかえ上げた。

「わあっ」

「さっさと行くぞ」

ジンとルイの操る竜が羽ばたいて、第七地区を後にした。

頭上には、もう少しで満月になりそうな月が輝いている。私が月を見上げていると、竜がいきなり体を傾けた。まるでなにかに引っ張られているように、その大きな体が落ちていく。ジンはとっさに竜の手綱を引いたが、竜はそのまま落下していった。

間近で枝がバキバキと折れる音が響く。たまたま茂みがクッションになったおかげで、地面に激突することはなかった。

「うう……」

地面に突っ伏した私は、うめきながら起き上がった。竜は翼を羽ばたかせて地面に着地する。

ジンは受け身を取ったらしく、とっくに立ち上がっていた。

「なんだ？　ありゃあ」

私の隣で、ジンが前方に視線を向けたままで言う。彼の視線を追うと、フードをかぶった人物が立っていた。その人物は、フードの下からジンを見据えて口を開いた。

「おまえ、騎士団だな」

「いや、違うけれど」

「え？」

ジンの目の前に立った人物は小柄で、キイスと同じように目深にフードをかぶっていた。しかし、なにか様子が変だった。その人物がいる場所だけがやけに明るいのだ。その人物がフードを取ると、さらに辺りが明るくなった。その体から光が放たれているのだ。

ジンは彼に近づいていき、まだ幼さの残る少年の前に立った。長い前髪で目もとが覆われていて、鼻先にはそばかすが散っている。

あんな若者が竜を落下させた犯人……？　それにしても、どうして体が光っているんだろう。

少年は悲鳴をあげて、地面にしゃがみ込んだ。

「ひいい、見るなあ」

「なんなんだ？　こいつ」

ジンは怪訝な顔で少年を見下ろしている。彼は少年の髪を掴んで引っ張り、顔を上げさせた。

少年の顔は恐怖で引きつっている。

「俺たちを落としたのはおまえか？」

「かわいそうです。やめてください」

私はジンに駆け寄って、彼の腕を引っ張った。ジンは剣を引き抜いて、少年に突きつけた。

少年はすっかり怯えている。

「名前は？」

「ら、ライト……」

「目的を言え」

「り、竜が欲しいだけだよ。荷物がこんなにたくさんになっちゃったから」

ライトはそう言って自分の背後を振り返った。そこには荷が山積みになっていた。見たところひとりのようだが、なぜこんなに荷があるのだろう。私はそちらに近づいていった。すべての荷に記された所有者を示す紋章は、バラバラだ。

ペンはライトのにおいをくんくん嗅いでいる。

「こいつ、野営地に干してあった煮干しのにおいするで」

私はハッとしてライトを見た。まさか、食料泥棒はこの子だったのか。

ジンは不可解そうな眼差しをライトに向ける。

「なんでこんな大量に盗んだんだ？　転売目的か」

「復讐だよ」

ライトはそう言って、自分の体を抱きしめた。彼の体が震えているのがわかった。ライトのわずかな動きに合わせて、かすかに明かりが揺れている。

旅人への復讐？　それが盗みの動機だっていうの……？

ライトは訴えるような眼差しをジンに向ける。

「僕はこの妙な体質のせいで、さんざんいじめられたんだ。パーティーに入っても荷物運びばかり……」

その言葉に、私は自分がパーティーにいた時のことを思い出した。この人は、なんだか私に似ている。役立たずと言われて、居場所を奪われた……。ジンはまったく同情していない様子で言った。

「そんなこと知るか。おまえは役所に突き出す」

再びジンに髪を引っ張られたライトが悲鳴をあげる。私が止めようとしたその時、馬が駆ける音が聞こえてきた。振り返ると、馬に乗った人物が剣を引き抜いて、ジンに切りかかるところだった。ジンは剣を避け、目を瞬いた。

「キイス？」

馬に乗っていた人物はキイスだった。どうしてこの人がここに？

彼はジンに剣を突きつけ、「ライトを離せ」と言った。ジンはライトの髪を掴んだまま尋ねる。

「知り合いかよ」

キイスはなにも答えようとしなかった。ただ黙ってライトを見ている。キイスを見たライトが目を輝かせる。

「キイス……やっぱり君だったんだ。僕のこと、見逃してくれたよね？」

「そんなつもりはない」

「ううん。わかってるよ。君は僕と同じだもんね」

ライトはそう言って、キイスに手を差し出した。

「僕と一緒に行こうよ。ひどい連中を苦しめてやろう」

ライトが差し出した手を、キイスは掴もうとはしなかった。ライトはショックを受けた様子で手を下ろす。

「どうして？　あんな低俗な連中といたいの？」

「俺は自分の体を治したいだけだ。誰かを恨んだって、治るものじゃない」

「治るもんか！　僕らは一生こうなんだ。人と違うからって、ずっと気持ち悪がられるんだ」

ライトは懐から出した杖をキイスに向けた。キイスは私をかばうように前に出た。ライトが魔法を繰り出そうとした直後、その首筋にひたりと刃が突きつけられる。ライトは顔を引きつらせ、自分の背後に立つ人物を見た。ジンはにっこり笑って、ライトにささやきかけた。

「つまんねえご託を並べるなら、牢屋の中で役人相手にしろよ」

ライトはのろのろとした動作で杖を下ろし、地面に放った。ジンはライトを引きずって竜に乗せようとしたが、キイスがそれを止めた。

「俺はこいつの話を聞く」

「はー、めんどくさいねえ」

意外にも、ジンはキイスの意見を尊重した。傭兵団の仲間意識があるんだろうか。

捕縛されたライトは、コイルの屋敷に連れていかれた。ジンが私とペン、ライトを竜から降ろした後、リュウリに経緯を説明した。コイルは戻ってきた私たちを見て驚いている。

「その方は……?」

「あなたにご迷惑はかけない」

リュウリの言葉でなにかを察したのだろう。コイルは気を使って人払いをしてくれた。

離れの食堂に集まった騎士たちは、興味津々という顔でライトを見ている。戻ってきたキイスが部屋に入ってきた。

「こいつが食料泥棒?」

「まだガキじゃん」

怯えるライトのそばに、キイスが立った。

「俺が頼む立場じゃないが、大目に見てやってほしい」

サイは椅子の背もたれに肘をついて答える。

「よくわかんねーけれど、盗んだもの返すならいいんじゃない？」

「……ない」

おどおどと答えたライトに、サイが目をむいた。

「はあ？　あの量を全部食ったのかよ」

「違う。騎士団の荷物は多すぎて……全部谷底に捨てた」

その言葉に騎士たちが絶句した。サイが怒りをあらわにして立ち上がる。

「じゃあなんで盗んだんだよ!?　食べ物粗末にしてんじゃねー！」

「僕は夜になると体が光るんだよ！」

「だからなんだよ！　わけのわからん言い訳すんじゃねー！」

ひとりでは食べきれない量を盗んで、転売もせず捨てるなんて……ライトは盗むのが目的ではないということなのでは。ルイは今にもライトを殴りそうなサイの手を押さえつける。

「ライトといいましたね。君、なぜ我々を狙ったのです？」

「復讐だよ！　僕は群れてる奴らが嫌いなんだ！」

サイは呆気（あっけ）に取られた顔でライトを見ている。

「群れてるって、騎士団は団体で動くもんなんだけれど」

「知らないよ！　僕の前で楽しそうにされるといらつくんだ」

ジンはニヤニヤしながらライトを見下ろした。

「まあまあ、あんまりいじめるなよ。ひとりぼっちで寂しかったんだろ？」

「寂しくなんかない！」

ジンはムキになるライトの肩を叩いて笑みを浮かべた。

「おまえ、王子様の食う物盗んで、ただで済むと思うなよ。最悪死刑かもな」

ジンは笑みを浮かべたまま、低い声でそう囁いた。

「うう……っ」

泣き出したライトを見て、私は思わず口を挟んだ。

「あの、この人を許してあげてください」

「はあ？　なに言ってんの、お嬢ちゃん」

「たしかに食べ物を盗んだのは許せないけれど、もう二度としないって約束するなら――」

ジンが私の言葉を遮る。

「駄目駄目、泥棒ってのは病気だからさ。何回もやるんだって」

「こいつは俺の家族も同然だ。俺がこいつに責任を取らせる」

キイスの言葉に、ジンが眉を上げる。

「責任って、どうやって」

「指の一本で許せ」

キイスがいきなり剣を引き抜いたので、私はぎょっとした。

「え⁉　ちょっ、キイスさん⁉」

キイスは磨き抜かれた刀をライトに突きつけた。天井につるされたランプに照らされた刃がキラリと光る。その鋭い輝きを見て、ライトは怯えた顔で後ずさった。刀が振り下ろされそうになったその時、リュウリがキイスの腕を掴んで押しのけた。

リュウリに阻まれたキイスのフードがはらりと取れ、彼の素顔があらわになる。そのただれた顔を見て、騎士団員たちの顔がゆがむ。キイスはリュウリの手を振り払い、フードをかぶり直した。リュウリはライトの前に立ち塞がり、冷静な口調でキイスに告げる。

「彼は私刑ではなく、法のもとで裁かれる」

「どんな処断が下されるか、わからない」

「だとしても、ここでおまえが手を下すべきじゃない」

キイスはリュウリを睨みつけたが、なにも言わずに剣を腰におさめ、足早に食堂から出ていった。ライトはへなへなと床に崩れ折れ、手をつく。

私はキイスを追いかけていって、おずおずと尋ねた。

「あの……腕、痛くないですか」

「べつに」

キイスはそう言って、そのまま歩いていった。

魔道士ライトは、第七地区のはずれにある法務局に引き渡されることになった。ヨークの意向で、騎士団の食料を盗んだことは不問に付された。まだ若いことから大きな罪にはならないだろうと聞いて、私はほっとした。

翌朝、リュウリとジン、数人の騎士たちは、コイル邸で竜を待ち受けることとなった。リュウリの強さは重々知っているけれど、火竜の恐ろしさも体感済みだ。私は急いで追加のポーションを彼に手渡した。

「あの、気をつけてください」

「ああ、また後で」

リュウリはそう言ってポーションを受け取った。

レイナスへと向かう騎士団の空気は、妙にピリついていた。それは、リュウリがいないからというだけではないだろう。おそらく、みんなが前以上にキイスを遠巻きにするようになったからだ。ライトのことを知っていて話さなかったため、不審がられたようだった。中には、キイスが手引きをしたのではないかと言い出す者さえいた。

レイナスまであと少しという頃、最後の野営をしていると、いきなり食器の割れる音が聞こえてきたので、驚いて飛び上がる。思わずそばにいたペンを抱き寄せ、音がした方を見ると、サイがキイスに掴みかかっていた。

「おまえ、なんで食わないんだよ」

「まずいからだ」

「なんだってえ⁉」

「落ち着きなさい、サイ。キイス、君も贅沢を言う立場ではない」

ルイがサイとキイスを引き離すと、サイは舌打ちしてキイスを睨みつける。キイスはそれに動じることなく、黙って踵を返した。

ルイは冷静な口調でサイをなだめている。いつもは反発し合っているが、ふたりの会話を聞いていると、やはりルイの方が階級が高いのだと思わされる。

私はペンを膝から下ろし、キイスを追いかけた。彼が向かったのは近くにある小川だった。

私はキイスに近づいていって、彼の隣に腰を下ろした。キイスは体をこわばらせ、さっと右腕を隠す。

「キイスさん、腕を見せてもらえますか」

キイスは少し躊躇(ちゅうちょ)した後、私に腕を差し出してみせた。彼の腕は真っ赤になっていた。

リュウリに掴まれた時に真っ赤になっていたのを見た時から、皮膚が弱いのではと思っていたのだ。

「さっきムースを少し食べたらこうなった」

あのムースには、おそらくだが、微量なふくらし粉が入っていた。

「もしかして、キイスさんはアレルギーなのかもしれません」

「アレルギー？」

「はい。特定のものに対して、体が過敏に反応することです。なにか食べたり飲んだりした後で、症状がひどくなることとかないですか」

「食べ物は……ほとんど全部だ」

私は彼の言葉に驚いた。

ほとんどのものに対して反応が出るということは、かなり重度のアレルギー疾患だ。この世界では珍しいと言えるだろう。私は彼に筆記具を手渡し、食べても平気なものを書き出してもらった。キイスは時折なにかを思い出すような仕草をしながら文字を書き連ねていく。彼のペンはほとんど進まない。今までさぞ大変だっただろう。

私はキイスと一緒にもとの場所へ戻り、サイにアレルギーのことを話した。サイはむすっとした顔でキイスを見る。

「そんな理由があるなら、なんで言わなかったんだよ？」

「言っても贅沢をするなと殴られるだけだろう」

「いやそんなことしねーっつの」

キイスがつぶやいた言葉を、サイが微妙な顔で否定した。おそらく、キイスが受けてきた扱いはひどいものだったのだろう。無理やり食べさせられたこともあったのかもしれない。アレルギーが重篤化すれば、命を落としかねないのに。

「サイさん、これからキイスさんの食事は私が作ります」

「エリーがいいなら、俺はかまわないけどさ……」

「子供に作らせるのはどうなんでしょう。自分で作ったらいいのでは？」

ルイの言葉に、キイスがうなずいた。

「教えてくれれば、自分で作る」

私は食料袋を探って、使えそうな材料を吟味した。小麦粉と卵、牛乳は入れられない。栄養価の高い材料ほど、アレルゲンが多く含まれるのだ。私は薄くスライスしたじゃがいもにハムを挟んだ、ミルフィーユ仕立ての料理を作った。米粉があれば、パンを焼けるんだけれど。この世界ではなかなか手に入りにくい。料理をひと口食べたキイスは、驚いた顔をしていた。完食したキイスに、異常は見られないようだった。彼はじっと私を見て尋ねてきた。

「おまえ、何者だ」

「一応、薬師です」

私は笑顔で答えた。

翌朝目覚めると、テントの外にいるキイスの姿が見えた。火をおこして、手をかざしている。

私はキイスに近づいていって声をかけた。

「おはようございます」

キイスはちらっと私を見て口を開く。

「一度も目覚めずに眠れたのは、久しぶりだ」

「よかったですね」

「感謝する」

「レイナスに着いたら、医師にアレルギーテストをしてもらいましょう」

私がそう声をかけると、キイスがかすかに微笑んだ。

◇◇◇

頭上に大きな満月が浮かんでいた。

第七地区の広場に、松明(たいまつ)の明かりが燃えている。櫓にのぼった自警団の一員が森の方を警戒していた。ほかの住人たちは、万が一のことを考えて退避させられている。俺は騎士たちに指示して、竜酔花の森との境界にある第七地区の門を警備させていた。今頃、王子やエリーたちはどのあたりにいるのだろう。櫓の下、爆ぜる松明を見ながらそんなことを考えていると、隣に立ったジンが口を開いた。

「どっちがたくさん火竜を狩れるか、勝負しないか、団長様」

「これは遊びじゃない。それに、本当に火竜が出没するとは限らない」

「じゃあ、コインが裏だったら来るってことで」

ジンはそう言って、懐から出したコインを弾いた。皆が恐怖に震えていても、この男はゲーム感覚でいるのだろう。コインは空中でくるくると回って、ジンの手の甲の上に落ちる。彼は得意げな顔で裏向きのコインを見せてくる。見たところ、普通の硬貨ではないようだ。聞けば、菓子についてくるおもちゃだという。

「そういや、エリーちゃんはこれ見ても全然反応しなかったんだよな。ほかのガキはめちゃくちゃ食いついてきたのに」

ジンはコインをもてあそびながらこう言った。

「エリーは普通の子供とは違う」

「天才薬師だから？」

ジンはニヤニヤ笑いながらこちらを見た。彼がエリーを侮っていることはわかっている。今までも、そういう人間を多く見てきた。大人びているせいなのか、エリーは普通の子供が興味を持つようなことには、ことごとく無関心のように見えた。

とはいえ、エリーにはメロンパンが好きというかわいらしい一面もある。出会った時のことを思い出して微笑ましい気持ちになっていると、鐘が鳴り響いた。鐘楼の上に立った自警団員が、切羽詰まった様子で叫ぶ。

「騎士様、火竜が来ました！」

俺は櫓に上がって、自警団員から望遠鏡を受け取る。竜酔花の森のある方角から、火竜たちが列をなしてやって来るのが見えた。彼らは月明かりに導かれてこちらに向かってきているようだった。どうやら、火竜たちが満月に反応しているというのは事実らしい。

俺は自警団の者たちに逃げるよう指示し、櫓から下りてリードの背に乗った。手綱を引くと、リードは上空へと飛んでいく。

火竜たちはこちらに近づくにつれ、俺たちの上空をぐねぐねと蛇行し始めた。俺たちを警戒しているのかと思いきや、なにか様子がおかしい。徐々に飛行速度が落ちてきている……。このままでは、落下してしまう。

「まずい、よけろ！」

俺が叫んだ直後、三頭の火竜がこちら目がけて落下してきた。櫓の上で火竜に押しつぶされそうになっている自警団員の襟首を引っ張り上げて、竜の背に乗せる。落下してきた火竜によって、櫓が破壊された。

自警団員たちは悲鳴をあげて走りだす。俺は剣を構えて火竜に近寄っていった。火竜は警戒心が強いため、敵と見なせばすぐさま焼き払う。だからこそすぐに退治せねば危ないのだ。しかし、火竜は予想に反してとろんとした瞳でこちらを見上げてくる。その目に凶暴性はまったく見られなかった。火竜にあるまじき様子に、俺は眉をひそめた。

「これは……酔っているのか……？」

「へえー、竜って酔うんだな。理由はわからんが、これは好機だ」

ジンはそう言って剣を構えた。俺がその手を掴んで止めると、彼は不服そうな顔でこちらを見た。

「なんだよ？」

「むやみに痛めつける必要はない」

「いきなり襲ってくるかもしれねーのに？」

ジンはあきれた顔でこちらを見てくる。おそらく、それはないだろう。人間のみならず、生き物には殺気というものがある。俺たちを害するつもりなら、全員とうに消し炭になっているはずだ。

火竜は眠りに落ちていてびくとも動かない。

俺は火竜の鼻先についているものに気づいて指先でぬぐい取った。そしてそれを鼻先に近づけて嗅いでみると、どこか甘い匂いが漂った。

これはいったいなんだろう。花粉のようだが……。エリーならばこの現象の正体がわかるだろうか。

そう思っていると、ジンは壊れた櫓に足をかけて尋ねてきた。

「で、どうすんだよ、団長様」

「目覚めしだい調教し、竜酔花の森へ連れて帰る」

「火竜を調教なんてできるもんなのか？」

ジンの問いに答えることはできなかった。俺たちが乗っている竜は、比較的穏やかな種だ。そして、調教に成功したからあそこまで穏やかになった。火竜を、しかも三頭を御すことは不可能に近い。

ふと、俺は以前ジンと話したことを思い出し、彼に視線を向ける。

「おまえ、リアン王国に来る時竜酔花の森をどうやって越えた」

「はあ？　そのことは話しただろ」

「竜に詳しい老人と話したんだろう。どんな指南を受けた？」

俺が尋ねると、ジンは一瞬押し黙って、首から下げたチェーンをいじった。

「……竜は明かりに反応する。だから、夜中でも暗闇の中を進むんだ」

つまり、火竜は月明かりに誘われてやって来たのだ。どうしてそのことを黙っていたのだろう。そう尋ねたら、「聞かれてないからな」としれっとした顔で答えた。キイスといい、傭兵というのは基本的に秘密主義らしい。

人工的に強い光を用意するのは難しいし、夜明けまで時間がない。どうすべきか……。ジンは観察するような目でこちらを見ている。俺にはひとつ、心あたりがあった。

歩きだした俺に、ジンがついてくる。第七地区のはずれにある法務局へ向かうと、ジンが驚いた表情を浮かべた。

「おいおい、まさか……」

彼の推測はおそらくあたっている。局員に案内されて歩いていくと、牢に行きあたった。

檻の前に立つと、中に入れられたライトが膝をかかえてこちらを見上げてきた。まだ幼さの残った顔は涙に濡れている。彼は俺を見ると、拗ねたように顔をそらす。

「なんだよ……」

「ライト、火竜を返すのを手伝ってはもらえないか」

そう言ったら、ライトは不可解そうにこちらをうかがった。

「彼らは光に反応する。君の体から発せられる光は、火竜を引きつけると思う」

「はあ？　なんで僕がそんなことしなくちゃならないんだよ」

「第七地区の人々が困っている」

ライトはぷいとそっぽを向いた。

「知らないんだけれど、そんなこと」

「君の能力は、君にしかない特別なものだ。迷惑をかけるのではなく、人助けをしたいとは思わないか」

「拗ねたガキに説教しても無駄だろ、団長様」

ジンは壁にもたれて鼻を鳴らす。ライトはなにも言わずに膝に顔をうずめている。やはり駄目か。

俺がその場から立ち去ろうとしたら、黙り込んでいたライトがぽつりと口を開いた。

「……本当に役に立つの？　僕が？」

「ああ。どうだ、やるか」

小さくうなずいたライトを見て、ジンが意外そうに目を丸くした。

そうと決まれば、早く準備をしないと。じきに空が明るくなるだろう。その前に、火竜たちを森に返さなくてはいけない。

俺は法務局員にライトに協力してもらうと話をした。

「この少年は罪人ですぞ」

局員は当然ながら反対した。

「わかっている。なにかあれば私が責任を取る」

「責任と言っても……逃亡されたら、どうなさるおつもりなのだ」

「その場合は、俺が切ってやるから安心しろよ」

ジンの言葉に、局員は顔をしかめている。一時間だけという約束で、ライトは釈放された。

ライトを連れて広場に戻ると、待っていた竜騎士たちが驚いた顔をした。その表情には不審が交じっていた。ライトはおどおどしながら俺のうしろに隠れる。

「火竜が正気を取り戻す前に、森に返さなければならない。時間がないため、任務の成功には皆の協力が不可欠だ」

俺は騎士たちを見回してそう言った。

「団長、さすがに盗人と協力する気にはなれません」

「まあいいじゃねーの。コイツが火竜を誘導して、うまくいったら御の字。たとえ食われても気にならねーだろ？」

顔をこわばらせる騎士に対し、ジンはフォローなのか本音なのかよくわからないことを言った。食われると聞かされたからなのか、ライトは怯えた表情を浮かべている。俺はライトの肩を叩いて、作戦を伝えた。

目覚めた火竜は、俺たちを見つけたらおそらくすぐに襲ってくるだろう。その前にライトが光を見せ、森へ誘導する。騎士たちは火竜が道をそれないように後方から追い立てるのだ。

火竜が目覚めたのは、薄明の頃だった。

人間に囲まれていることに気づいた火竜たちは、怒りをあらわに鳴き声をあげた。すると、ほかの竜も呼応したようにほえ始める。俺とライトはリードに乗り、火竜たちの前に出る。俺のうしろでライトが杖を振ると、彼の体がまばゆく光りだした。

火竜たちは怒っていたことを忘れたかのように、その光にぼんやりと見とれた。俺は手綱を操って、火竜をおびき寄せた。火竜たちはライトの光を追って飛んでくる。地上から見たら、隊列をなした火竜が光の球を追いかけて遊んでいるように見えただろう。

竜酔花の森にたどり着くと、ライトは人の大きさほどもある光の球を作って、地上に落とした。火竜たちはそれを追って落下していく。すべての火竜が視界から消えると、ジンが竜を操ってこちらにやって来る。

「終わったのか？」

「ああ。よくやったな、ライト」

そう声をかけると、ライトは力が抜けたのか、へなへなと俺にしがみつく。


ライトを法務局へ戻すために第七地区に戻ると、コイルがこちらに駆け寄ってきた。彼は興奮ぎみに俺の手を掴む。

「さすがでございます、竜騎士団長様。あの恐ろしい火竜を、いとも簡単に操るとは」

「俺の功績ではない。ライトの力だ」

そう言ったら、ライトが目をうるませて、ぐいっとフードをかぶった。ジンが胡乱な目でライトの顔を覗き込む。

「え……なに泣いてんの？　おまえ」

「泣いてないっ。触るなよ」

からかうように肩をつつくジンを、ライトは押しのける。その様子を見て、俺はかすかに微笑んだ。しかし、火竜を戻すことに成功したからといって安心はできない。彼らはやはり、満月の夜には襲ってくるのだろうから。第七地区に安寧をもたらすには、レイナスに協力を求めるほかないだろう。

俺は、牢に戻されたライトに声をかけた。

「やる気があるなら、刑を終えてから宮城に来い」

「……騎士なんて無理だよ」

「やってみなければわからない」

ライトは瞳を揺らし、小さくうなずいた。

コイルはいくら礼をしてもし足りないと言って俺たちを引きとめたがったが、俺たちはすぐに出発した。ただでさえ足止めが多い上に、俺たちの任務はあくまで王子の護衛なのだ。隣を飛ぶジンが口を開く。

「にしても残念だなあ」

「なにがだ」

「あんたと火竜狩りを競えなくて」

俺は彼の言葉を無視して手綱を振るった。

◇　◇　◇

朝焼けが眼下の竜酔花の森を薄桃色に染めている。私は、ペンと共にサイの操る竜に乗って飛んでいた。もうすぐ医療大国レイナスに着くのだ。そう思うと、なんだかわくわくしてきた。ここに来るまで大変だったけれど、それが報われると思うと喜びもひとしおである。

しばらく行ったところで、私は違和感を覚えた。前を行く竜がやたらと蛇行しているのだ。それをきっかけに、ほかの竜も妙にくねって動き始めた。振り落とされないよう必死にしがみついていたら、ルイが片手を上げて下ろした。これは「いったん下降」の合図だ。

騎士団の操る竜たちが、眼下に広がる森へと降りていく。騎士たちは各々の竜に声をかけ、なだめていた。

私はルイの竜に近づいていって、その鼻先をなでた。すると、なにかざらついたものが指に付着した。私は視線を落とし、それをまじまじと見る。

竜の方を見ると、その目は、とろんとしていて眠そうだった。時折、ひっく、ひっくというしゃっくりの音が聞こえてくる。

これは……酔っている？　私が考え込んでいると、サイが尋ねてきた。

「エリー、どうかしたか？」

「これ、なにかなと思って」

私は指についたものをサイに見せた。サイは目を細めて私の指についたものを見ている。

「なにこれ？　花粉か」

「竜たちが酔ったのと、なにか関係があるのかもしれません」

「調べられますか、エリー」

ルイに尋ねられて、私は困ったように眉を下げた。そうしたいのはやまやまだが、手もとに顕微鏡がない。かさばるものはすべて置いてきたのだ。

どうしようかと考え込んでいると、大樹の根もとに座っていたヨークが私に手招きをした。近づいていくと、彼は懐からなにかを取り出した。私はそれを受け取って、しげしげと見る。一見普通のルーペに見えるが、ヨークが手渡してきたということは、おそらく魔法具なのだろう。

「王子、これは……」

「試しに作ってみたんだ。実用に足るかはわからないけれど」

私はルーペで指先についたものを見てみた。すると、その物質に含まれている成分が表示される。スギ科の裸子植物で、名前は「竜酔花」だ。これがあれば、いちいち辞書をめくる手間が省ける。緊急の時もすぐ対処できる。私は興奮ぎみにヨークの方を見た。

「王子、すごいです！　あなたは天才です」

「役に立ったみたいで、よかった……」

新しい道具に夢中になっていた私は、そこで初めてヨークの様子がおかしいことに気づいた。顔が赤いし、とてもつらそうな表情をしている。額に触れるとひどく熱かった。

「王子、熱がありますｂ。横になった方がいいのではないですか」

「大丈夫だよ」

ヨークはそう答えたが、とても大丈夫なようには見えない。私はルイを呼ぼうと立ち上がった。しかし、ヨークが私の腕を掴んでくる。彼の目は必死だった。

「ルイには言わないで」

「え……」

「ただでさえ非常事態ばかり起きてるんだ。お荷物にはなりたくない」

「王子、ルイさんはそんなこと思っていません。ほかの騎士の人たちも……」

「わかってるよ。だけれど嫌なんだ。気を使われるのが……」

彼は高貴な人物で、まだ幼い。おまけに体が弱いのだから、気を使われるのはあたり前ではないか。とにかく、ヨークをこのままにしておけない。どうしよう。サイはルイとなにかを話しているし……。

私は近くを通りかかったキイスに声をかけた。キイスはヨークの様子がおかしいことに気づいたのか、すぐにこちらへやって来た。ヨークはキイスを見上げ、弱々しい口調で詫びる。

「ごめんね、キイス」

「子供が無茶をするな」

キイスはそう言って、ヨークをおぶった。

「王子をお願いします、キイスさん」

私がそう言うと、キイスはちらっとこちらに視線を送って、軽くうなずいた。

「エリー、駄目だよ……ひとりで動くのは」

ヨークはだるそうな顔で言ってくる。

「大丈夫ですよ。ペンも一緒に連れていきますから」

私は笑顔を作って、ヨークを安心させようとした。キイスはヨークを背負って歩いていった。

第七地区を出る直前、リュウリにポーションを渡してしまったので、もう予備はない。すぐにでも解熱剤になる薬草を探さないと。

お供にペンを連れていこうと捜したが、見あたらない。いったい彼はどこに行ったのだろう。どこかでネズミでも捕まえているのだろうか？　肝心な時にいないんだから……。しょうがない、ひとりで行くしかないか。そう遠くに行くわけでもないし、大丈夫だよね。

私は踵を返し、ひとりで歩き始めた。

解熱剤にはレンギョウが効果的だ。この季節ならおそらく花が咲いているだろう。レンギョウはほとんど実がならないが、薬にするのは種子の部分なので、見つけたら慎重に採取する必要がある。

目あての薬草を探してしばらく道なりに歩いていくと、行き止まりに突きあたった。どうやら洞窟の入り口のようだが、大きな岩で塞がれている。自然に塞がれたものかと思いきや、その岩の表面には魔法陣が描かれていた。試しに押してみたが、びくともしない。

行き止まりか……。ため息をついて踵を返そうとすると、どこからともなく声が聞こえてきた。

——おいで。

辺りを見回し、誰かいないか探してみたが、私のほかには誰もいない。気のせいかと思ったが、再び声が聞こえてきた。

——おいで、怖くないよ。

もしかして、この岩の向こうに誰かいるのだろうか……？　私は大きな岩に近づいていき、おそるおそる魔法陣に触れた。

次の瞬間、唐突に風が吹いた。私はぎゅっと目をつむって、髪を押さえる。

風がやんだので、おそるおそる目を開くと、先ほどとは違う場所にいた。のどかな野原に日が注いでいる。

ここはいったいどこだろう……。今までいた森とは雰囲気が違う。

ふと、視線の先に誰かが背を向けて立っているのに気づいた。騎士団員だと思ったが、騎士団には銀髪の人物はいない。私が近づいていくと、その人が振り向いた。私は思わず、息をのんで立ち止まった。

そこにいたのは、銀の髪とくすんだグリーンアイズを持つ青年だった。

「あなたは……」

彼は微笑んで、再び私に背を向けて歩き始めた。私は慌ててその人を追いかける。青年の進んでいった先には、真っ白な花が咲き乱れる花畑があった。花畑の真ん中に立つ彼の姿はまるで物語のワンシーンのようで、私は思わず見とれる。青年は足もとに咲く花を指差した。

しゃがみ込んで花をつむと、かすかにハッカのような匂いがした。見たことがない植物だけれど、ハーブなのだろうか。

「これ、なんて名前の花なんですか？」

花を差し出して尋ねてみたが、青年は微笑むだけだ。どうやらこの青年は話せないらしい。

もしかして、魔女にしゃべれない呪いをかけられているとか……？

あまりにも非現実的な妄想を、慌てて振り払った。いけない、すっかりペンに毒されている。

私はレシピ帳を取り出して、彼に差し出した。青年はそれを受け取って文字を書く。

〝これは解毒花〟

「解毒花……？」

青年はうなずいて、こう続けた。

〝竜のわずらいに効く〟

竜のわずらいってなんだろう。青年をうかがうと、彼はまた微笑した。すごく綺麗で優しいけれど、なんだか不思議な人だ。身なりも立派だし、いったい何者なのだろう。

「あの、猫を見ませんでしたか。とても太ってて、ふてぶてしい顔をしているんですけれど」

その言葉に、青年が少し気を悪くしたような顔をした。彼はレシピ帳に書いた文字をこちらに突きつけてくる。

〝猫は大事にした方がいい〟

「もちろん、大事です。ペンは私にとって、大事な家族です」

そう言ったら、彼は顔をほころばせた。初めて会った人なのに、なぜかその笑顔には見覚えがあるような気がした。もしかして、昔どこかで会ったことがあるのだろうか。

名前を尋ねようと思ったら、再び風が吹いて、目の前が真っ白になった。

気がついたら、私は先ほどの洞窟の前に戻っていた。その入口を塞ぐ岩の表面を確認するが、さっきあったはずの魔法陣は消えている。いったいどういうことかと視線を動かしていると、背後から声が聞こえてきた。

「エリー?」

「あ、ルイさん……」

「どこへ行ったかと思いました。それは——薬草ですか?」

ルイの視線は私の手もとに向かっていた。薬草かどうかは不明だし、探していたものではない。それに、こんな植物は見たことがなかった。

薬毒同源。薬草は人を助ける薬になるが、毒にもなるのだ。得体のしれないものをヨークに飲ませるわけにはいかない。

ルーぺでその植物を見てみると、とんでもないステータスが表示された。解熱作用、吐き気、めまい、悪心、腹痛、頭痛……。簡単に言ってしまえば「なんにでも効く」のだ。この薬草があれば、作れる薬の幅が大きく広がるだろう。

「うれしそうですね」

私の表情を見て、ルイがそう言った。

「はい！　これでヨーク様を治せます！」

「ヨーク様がどうかしたのですか？」

私は慌てて口を塞いだ。ルイは怪訝な顔でこちらを見てくる。こうなったら、黙っておくわけにはいかない。

「実は……ヨークが具合を悪くしてしまって」

「それを早く言ってください。行きますよ」

足早に歩き始めたルイに、私はついていった。

騎士団のもとに戻った私は、さっそく試薬を作り始めた。まず手持ちの薬草に、解毒花を配合してみることにした。配合が終わるごとに、治癒ステータスを確認する。

サイは膝に肘をついて、物珍しげにこちらを見ていた。あの青年のことをサイに話そうかと思ったが、なんとなく自分だけの秘密にしておきたい気もした。

とりあえず、ヨークを回復させるためのポーションを完成させるのが目標だ。薬を作り終えた私は、ヨークのところにポーションを持っていった。

ヨークのそばにはキイスがついていた。ヨークの額には汗が滲んでいて、呼吸が荒くひどくつらそうだった。旅の負担が一気にきたのだろうか。きっと、みんなに心配をかけまいと無理をしていたんだろう。

薬を飲ませると、少しだけ呼吸が穏やかになった。ヨークはゆっくりと目を開き、微笑みかけてきた。

「ありがとう……楽になった気がするよ」

「どうぞ、お休みになってください」

私がそう言うと、ヨークはすやすやと寝息を立て始めた。私はほっと息を吐いて、テントの外に出る。いつの間にか、ペンがテントのそばに寝そべっていた。

「ペン、あなたどこに行ってたの？」

「散歩や。この森は懐かしい感じがしてな」

「そうなんだ。たしかにここ、不思議な森だよね」

私は竜酔花の木々をぐるりと見回した。なんだか、ここだけ時が止まっているような感じだ。

酔いざまし用に配合したポーションを竜たちに与えると、数十分ほどで動けるようになった。

ルイは感心したように私を見る。

「この短時間で、酔いざましまで作ってしまったのですか」

「はい、この薬草はすごいんです」

「あたり前みたいに言ってるけれど、エリーちゃんってチートすぎない？」

サイはそう言って、回復した竜の顎をなでている。すべてはヨークの作ったルーペと、あの謎の青年のおかげである。

ばさりと翼を羽ばたかせる音に顔を上げると、リュウリとジンがこちらに降りてくるところだった。

「あ、リュウリさん！」

「俺もいるぜ、お嬢ちゃん」

リュウリに駆け寄ろうとしたら、ジンに邪魔されてつんのめってしまった。リュウリは、閉じかけているリードの目を覗き込んでつぶやくように話しかける。

「この森はその名の通り、竜を酔わせているのか」

「はい。竜酔花という名前みたいです」

私はそう言って、リュウリにルーペを差し出した。ルーペで花粉を観察したリュウリは感嘆する。

「このルーペは……」

「王子が開発したんです。すごいですよね」

「それで、王子は？」

そうだ、リュウリはヨークの具合が悪いことを知らないんだ。私は彼の手を引いて、テントに向かって歩きだした。

テントの中に入ったリュウリは、寝かされているヨークを見てハッとした。

「いったいいつから……」

「だいぶ我慢してたんだろうな」

かたわらに座っていたキイスは、ヨークの寝顔を見下ろしてつぶやいた。

「大人びててもガキだ」

テントから出たリュウリは、表情を陰らせてため息を漏らした。

「私は信用されていないのかもしれないな」

「そんなことないです、ヨークはリュウリさんのことが大好きなんです！」

そう言ったら、リュウリは目を瞬いてこちらを見た。私にはわかる。ヨークはリュウリを信用していないからじゃなく、心配をかけたくないから黙っていたのだ。

リュウリはかすかに笑って、私の頭にぽんと手を置いた。

「ありがとう、エリー」

リュウリの笑顔と手のぬくもりに、心がほわほわするのを感じた。

翌日になるとヨークはすっかり回復し、竜たちの状態も万全になった。そして私たちは、旅の目的地であるレイナスの王都ドルトンにたどり着いた。

竜を警戒してのことだろうか。レイナスの都は周囲を高い塀に囲まれていた。竜酔花の森との境界にある門の前には関所が設けられていて、入国する人々の検問をしている。

サイの操る竜から降りた私は、ペンを食料袋の中に隠して検問の列に並んだ。門兵は私をじろじろ見て、手を突き出してきた。

「荷物のチェックをする。よこせ」

そう言われて、私はペンが入っている食料袋を抱きしめた。押しつぶされて苦しかったのか、ペンがぐえぇとうめき声をあげる。門兵は眉を上げて辺りを見回した。

「ん？　今猫の声がしなかったか。我が国は猫の入国を禁じている」

「き……気のせいではないでしょうか」

門兵はいぶかしげな顔で、もう一度荷物を見せるように要求してきた。どうしよう……。私が冷や汗をかいていると、リュウリがすっと前に出た。

門兵はリュウリを見上げて眉根を寄せる。

「なんだ、貴様は？」

リュウリが竜騎士団の紋章を見せると、門兵はハッと背筋を伸ばし、敬礼した。

「ヨーク王子ご一行ですね。お待ちしておりました」

リュウリに対する門兵の態度は、私に対するそれとは大違いだった。しかし、貴賓の連れだったおかげで、荷物のチェックを受けずに済んだ。

私はペンの入っている食料袋を抱いて、ほっと息をついた。なんとかごまかせたようだ。それにしても、猫をいっさい国に入れないなんて、ずいぶん猫には厳しいみたいだ。

門を抜けると、大通りへつながる石畳が続いていた。私は、道ばたにしゃがみ込んでうなだれている人々に視線を向けた。

ここが医療大国レイナスの王都？　なんだかイメージと違って荒んでいる。途中、市場で売られている薬草の値段を確認してみたが、どこにでもあるような薬剤がかなりの高価格だった。物価が高いせいで貧しい人たちの暮らしが立ち行かないのだろうか。

そう思っていたら、ジンが口を開く。

「レイナスはたしかに医学が進歩してるけれど、医療を受けるには馬鹿高い金を払わなきゃならないんだよ。貧乏人が難病にかかったら、死ぬしかない」

「そうなんですか……」

キイスはなにも言わずに歩を進めている。食料袋から顔を覗かせたペンが、物珍しげに辺りを見回していた。私は慌てて食料袋の口を押さえる。

「駄目だよ、ペン。見つかっちゃう」

「なんや辛気くさい街やなあ」

「そんなこと言わないの」

そう言いつつも、私は内心、ペンの言葉に同意した。

第三章　猫嫌いの姫

城下町の暗さとは裏腹に、高台に建つ貴族の屋敷や領地は整備されていて美しかった。上と下で、まるで別の街のようだ。

大きな貴族たちのすみかを横目に進んでいくと、丘の上に建つ宮城が見えてきた。こちらは深い森に囲まれており、壮麗で見事な佇まいをしている。

私たちを出迎えた衛兵は、リュウリたちに裏手の竜舎へ向かうよう指示した。リュウリは意外そうな顔で衛兵に尋ねる。

「竜舎があるのか？」

「ああ。竜をみる医師がいる」

へえ、レイナスって竜の医師がいるんだ。竜騎士団もないのに、どうしてだろう。竜医に会うのは初めてなので興味があったが、衛兵は子供が行く場所ではないと言って、私とヨークに注意を促した。残念だけれど、また話す機会があるだろう。

私たちはいったんリュウリたちと別れて、城内へと向かう。

衛兵に案内された私は、ヨークと一緒に宮城の中に入った。王子と別れ、別室に通された私は、食料袋の中からペンを出した。ペンは床に降り立って、大きく伸びをする。

「あーっ、窮屈やったわあ」

「お疲れさま。お昼ごはんあげるね」

ペンに猫缶すぺしゃるをあげていると、ノックの音がした。私はペンを抱き上げて、慌てて食料袋に押し込む。返事をすると、ヨークが部屋に入ってきた。私はほっとして、袋の中からペンを取り出した。

「てっきり、お城の方かと思いました」

「ああ、ごめん」

彼は気もそぞろで答え、ソファに座ってそわそわしだした。どうしたのだろう。なんとなく居心地が悪そうに見える。他国に来て、緊張しているのだろうか？

不思議に思っていたその時、こちらに駆けてくる足音が聞こえてきた。私は餌を貪っていたペンを抱き上げて、ソファの下に隠した。ぐえっという声がしたが、かまわずその前に立つ。

「ヨーク様っ！」

いきなりドアが開いたかと思ったら、十歳くらいの黒髪の女の子が部屋に駆け込んできた。

彼女はヨークに抱きついて頬ずりをし、熱っぽい眼差しをヨークに向けた。

「お会いしたかったわー。相変わらずかわいいっ」

「かわいいはやめてくれるかな。女の子じゃないんだから」

ヨークは迷惑そうな顔で少女を押しのける。少女はあっけらかんとした声で言う。

「あら、男でも女でも、かわいいものはかわいいわ」

その時、彼女は初めて私に気づいたかのように視線を向けてきた。

「あら、あなたもかわいいじゃない。お人形さんみたい」

頭をなでられて困惑していると、ヨークは冷たい声で言った。

「マリン、エリーはれっきとした薬師だよ。失礼じゃないかな」

「へえ、こんなに小さいのに？　そちらの国って、よっぽど人材不足なのね」

マリンは無関心に言って、ヨークにくっついた。彼を見上げて、甘えるような声を出す。

「行きましょう、ヨーク様。あなたに見せたいものがあるのよ」

彼女は、うんざりしているヨークの腕を引っ張って、さっさと部屋を出ていく。ヨークは助けを求めるような眼差しで見てくるが、私にはどうしようもない。マリンって、嵐のような子だ……。ふたりを見送って呆気に取られていると、ペンがソファの下から顔を覗かせた。

「なんやねん、あのやかましいガキンチョは」

「レイナスのお姫様だって」

「あれがあ？　お姫様にしちゃ、おしとやかさが足りひんのちゃうか」

あちらはあちらでペンにだけは、そんなこと言われたくないんじゃないだろうか。


夕飯の時間までしばらく時間があったので、城内を散歩することにした。ペンもついてきたがったが、誰かに見られては困るので、部屋に置いてきた。恨みがましそうな目をしていたけれど、これもペンのためだ。

庭へと至る階段を下りていくと、私よりも大きななにかがいきなり襲いかかってきた。私は思わず悲鳴をあげて尻もちをつく。はっはっという息遣いに顔を上げると、毛並みのいい大型犬がこちらを見下ろしていた。

長い毛の下から、つぶらなひとみが覗いていた。体格が大きいだけではなく、あちこちに肉がついている。大きな体に不似合いな、フリル付きの服を着ていた。

この犬……城で飼われているのだろうか。かわいいけれど重い……。

じゃれついてくる犬をなでていたら、侍女が焦ったように走ってきた。

「プリン様っ」

彼女は急いで大型犬を抱きしめ、困り顔で頭を下げる。

「申し訳ありません、お怪我はありませんか」

「はい、大丈夫です。かわいいワンちゃんですね」

「姫様のお犬様なんです。すぐ脱走するので、お世話が大変で」

「お、お犬様……？」

「名前はプリン様。メスです」

プリンはとても毛並みがよかった。おそらく大事に育てているのだろう。この格好から察するに、もしやプリンって、食べ物の方じゃなくてプリンセスのプリンだろうか。侍女は重そうに犬をかかえながら歩いていった。あの子、なんだかペンの犬版みたいだ……。

その後私は、ぶらぶらと庭を散歩してから自室に戻った。

夕食の時間になると、侍女が部屋まで迎えにきた。彼女について食堂へ向かうと、マリンがヨークにべったりくっついていた。リュウリは扉の前にひっそりと控えている。ヨークは私に隣に座るよう言ってくれたが、マリンが睨んできたので、ひとつ席を空けて座ることにした。

庶民中の庶民である私が一緒に食事を取るのは場違いな気がするけれど……。そう思っていたら、小柄な男性が椅子を引いてくれた。

「どうぞ」

「ありがとうございます。えっと……」

「私、宰相のメラニーと申します。お見知りおきを」

「エリーです。よろしくおねがいします」

私が頭を下げると、メラニーがにこっと笑いかけてきた。この人は優しそうだ。ほっとしていたら、マリンがヨークにくっついたまま、メラニーに向かって口を開いた。

「その子、薬師らしいわよ。例のプログラムに入れてあげたら？」

「プログラム？」

「各国から留学生を募って、最新の医学を教えてるのよ。うちは医療大国だから、惜しみなく発展途上の国に知識を広めてるってわけ」

マリンは「医療大国」を強調した。メラニーは困惑ぎみに口をはさむ。

「しかし姫様、この方はまだ小さくていらっしゃいますよ」

「とにかく入れなさい。いいわね」

マリンはメラニーにびしっと指を突きつけて、猫のようにヨークの肩に頬ずりした。メラニーは反論せずに、肩をすくめてうなずいた。

テーブルの上にはキャンドルライトが輝いていて、その明かりが銀食器に反射して光っている。白磁の皿には豪華な食事が盛られていた。

マリンはヨークにばかり話しかけていて、ヨークは気のない返事をしている。私って、お邪魔なんじゃないだろうか。早く食べて部屋に戻ろう。そう思っていると、がつがつと食べる音が聞こえてきた。

ふいにそちらを見ると、先ほどの犬がテーブルに前足をかけて、私の食事を食べていた。

「プリン様⁉」

私が名前を呼ぶと、犬は急いでテーブルの下に潜り込んだ。マリンがこちらに視線を向けてくる。

「あらあなた、もう食べたの？」

「いえ、プリン様が……」

私の皿はすっかり空になっていた。マリンはキョロキョロと視線を動かしている。

「プリン？　どこにプリンがいるって言うのよ」

「テーブルの下です」

「なにもいないわよ」

マリンはそう言ってテーブルの下を見ている。私は彼女にならってテーブルの下を覗き込んだが、たしかに犬の姿はなかった。

いったいプリンはどこにいったのだろう。あの大きな体を隠すのは至難の業だと思うが――そう思っていたら、ワゴンの下からしっぽが覗いているのが見えた。マリンはそれには気づかず、誇らしげに胸を張った。

「あの子がつまみ食いなんて、するはずないでしょう。プリンはね、飼い主に似てとっても賢いのよ」

「そ、そう、ですか」

「そうよ。お代わりならあるから、好きにして。さ、ヨーク様行きましょう」

すでに食事を済ませたらしいマリンは、ヨークの腕を掴んで歩きだした。彼女が部屋を出ていくやいなや、プリンが再び顔を出し、私の食事を奪おうとした。食事は仕方ないが、これだけは守りたい……！

デザートのメロンを死守しようとしていると、メラニーがささやいてきた。

「申し訳ありません。すぐにお代わりを用意させますので」

侍女がやって来て、プリンを椅子の脚につないだ。私は食事をしながら、床に伏せているプリンを見る。

「この子、いつも人間の食べ物を食べてるんですか？」

「ええ。獣医には、塩分と脂肪分を取りすぎだと止められてるんですが……姫様はあの通りプリン様を溺愛していらっしゃるので」

かわいがるのはいいことだと思うが、食事制限があるのならセーブした方がいいのではないだろうか。私は、名残惜しげに皿をなめるプリンを横目で見た。


翌朝、早くに目覚めた私は、城内を散策することにした。庭も広く、よく手入れされているので、見飽きることがない。朝もやのかかる庭へ下りていき、標識を頼りに薬草園を目指す。

広々とした薬草園には、なかなかお目にかかれないような高価な薬草が植えられていた。

いいなあ……。私も薬草園が欲しい。ドラゴン薬局には、庭がないのだ。

薬草を観察していると魔道士がやって来て、水をまいた。どうやら、完璧な体制のもとで管理しているようだ。しゃがみ込んで薬草を観察していると、声をかけられた。

「おはようございます」

振り向くと、メラニーが立っていた。私は彼に駆け寄って挨拶する。

「すごいですね、さすが医療大国レイナスです。こんなに大きな薬草園があるなんて」

興奮ぎみの私に、メラニーは微笑んでこう尋ねてきた。

「気に入っていただけてなによりです。よろしければ朝食を取った後、薬房にいらっしゃいますか？」

「はい！　ぜひ」

私はウキウキしながら食堂へ向かった。ヨークとマリンはまだ起きていないのだろうか、姿が見えない。朝食を取っていると、リュウリがやって来た。

「おはようございます」

「おはよう」

ヨークはまだ起きてきていないと言ったら、彼はうなずいた。私が浮かれているのが伝わったのだろうか。こちらに漆黒の瞳を向ける。

「うれしそうだな」

「はい、薬房を見せてもらえるんです」

リュウリはよかったな、と言って私の頭をなでた。私はほわほわした気分でリュウリに尋ねる。

「あの、竜医さんにはお会いになりましたか？」

「ああ。少々変わった人物だった」

「私もお話ししたいです」

「あまり話さない方がいい気がする」

そう言ったリュウリの表情は微妙だった。そんなに変わった人なのだろうか。

「今日は、その竜医のカダルと共に竜酔花の森へ視察に行く予定だ。なにかあったら、メラニー殿に相談するといい」

「はい。行ってらっしゃい」


朝食を終えた私は、メラニーに連れられて薬房へ向かった。薬房に入る前に、バッチを渡される。バッチには「留学生」と書かれていた。

薬房では白衣を着た薬師が忙しそうに行き来していた。シノワ宮とは薬師の人数も違うし、施設の設備も整っている。一見して、研究機関のレベルが違うことがわかった。

私は薬房に置かれているピカピカの顕微鏡を見て、興奮をあらわにした。王立図書館のカタログで見たことがあり、欲しいと思っていたものだ。

「すごい……この顕微鏡高いんですよね」

「よくご存じですね。姫様はこれを見ても無関心でいらっしゃいましたが……」

メラニーは苦笑して、三十人ほどの薬師たちを集めて私を紹介した。私が子供だからなのか、みんないぶかしげな顔をしていた。私のほかにも「留学生」というバッチをつけた人々がいて、こちらを見てひそひそ話している。きっと子供がいるのが珍しいんだろう。

それにしても、こんなすごい場所の見学を許してくれるなんて幸せだ。このプログラムに参加させてくれたマリンはいい人だ。

別室で留学生専用の講義があるというので、私は喜び勇んでついていった。

講義室は、五十組ほどの椅子と机が平置きになっている広々とした部屋だった。背が低いので、うしろだとなにも見えないため一番前に座る。すると、くすくす笑いが飛んできた。

なにかおかしいだろうか……？　一番最後に部屋に入ってきた男性は、私を見て眉を上げた。

私が会釈すると、男性が咳払いをした。

「薬師長のエドモンドだ。君たちは選ばれた留学生だと聞いたが……なぜか迷子が交ざっているようだな」

その言葉に、留学生たちの笑い声が大きくなった。うしろに座っている青年が、私の髪を引っ張ってくる。

「いたっ」

「おい、ガキがいる場所じゃないって言ってるんだよ。出てけよ」

「かわいそうじゃない。やめなさいよ」

そう言いながら、留学生の女性はくすくす笑っている。

教室の雰囲気はよく知ったものだった。開拓者パーティーとして旅している最中、みんな私を邪魔だと思っていた。その時とよく似た空気だ。エドモンドも疎ましそうな目で私を睨んでいる。どうやら私が出ていかないと、講義が始まらないみたいだ。

私は黙って席を立って、部屋を出た。

やることがなくなってしまったわ……。

庭へと下りる階段に座って肘をついていると、たったっと足音が聞こえてきた。きゅうん、という鳴き声が聞こえたので顔を上げると、プリンがこちらを見ていた。プリンは小首をかしげ、私の頬をぺろっとなめた。

私が落ち込んでいると知って近寄ってきたのだろうか。

「優しいのね」

やわらかい毛並みをなでていると、プリンがしっぽを振ってすり寄ってきた。あったかいなあ。犬って優しい生き物だわ。プリンを抱きしめてほっこりしていると、背中にいきなり衝撃が走った。驚いて背後を見ると、ペンがこちらを睨みつけていた。

「あれ？　ペン。なんでここに？」

「なんでやあれへんがな。わいを部屋に放置して、なに犬といちゃついとるねん」

「だって、しょうがないでしょ。猫は入国禁止なんだから、見つかったら大変よ……」

「知らへんわっ。バツとして猫缶すぺしゃるすぃーとデラックスを買ってきてんか！」

「なにそれ……」

どうやら、この春に発売された新商品らしい。猫のくせに、いったいどこでそんな情報をゲットしてくるのだろう。それに、さっき猫缶すぺしゃるをあげたばっかりだ。たぶん私がプリンと仲よくしていたのが気に入らなくて、わがままを言っているだけなんだろうけれど。ヤキモチを焼くにしても、もうちょっとかわいいやり方はないのかしら。

どうしてもその新商品を食べたいとしつこく騒ぐので、仕方なく新商品を買いにいくことにした。


宮城を出ると、門兵が声をかけてきた。

「君、ひとりでどこに行くの？」

「お買い物です」

「下町はあまり治安がよくない。誰かと一緒に行った方がいいよ」

そうはいっても、騎士団のみんなは視察に行っているので朝から姿が見えないし、騎士に付き添いを頼むのも気が引ける。

わんっと声が響いたので振り向くと、プリンがしっぽを振ってこちらを見上げていた。門兵は身をかがめてプリンの頭をなでる。

「おお、プリン様。この子についていくのかね」

プリンは自慢げにわんとほえた。プリンと一緒に街に行ったとバレたら、またペンがすねそうだ。それに、姫様のお犬様を連れ回したと知られたら大変だ。まあ、少しだけなら危険はないか。プリンと共に城下町への道を歩いていくと、なにかと声をかけられた。みんな犬が好きみたいだ。城下町に下りた私は、案内所に行って尋ねてみた。

「あの、すみません。ペットの餌を売ってるお店ってどこですか」

「ペット？　リオンショップなら、たいていのものがあるんじゃないかな」

案内所にいた男性はそう言って、私の足もとにいるプリンに視線を向けた。

「おや、かわいらしい犬だねえ。でもちょっと太りすぎかな」

「はは……」

私は男性の言葉に苦笑した。それには同意する。

さっそくリオンショップに行ってみたが、猫缶すぺしゃるはおろか、犬の餌しか売っていなかった。店主のおじさんに尋ねてみたが、そもそも猫の餌は置いていないのだという。おじさんは、なぜ猫の餌を欲しがるのかと不思議がった。

あたり前か。この国にはそもそも猫がいないはずなのだ。しょうがない、これを買っていくか……。犬缶すぺしゃるを購入して店を出ると、見知った人物が歩いていくのが見えた。

「あれって……キイスさん？」

騎士団のみんなは、視察に行っているはずなのに。どこへ行くのだろう……。気になった私は、急いで彼を追いかけた。

キイスが向かったのは、今にも崩れそうな教会だった。とてもじゃないが、用がなければ近づく気にはなれない。しかし、彼は気にせず教会の中に入っていく。

そっと教会の中を覗くと、薄暗い室内が見えた。蜘蛛の巣が張ったステンドグラスから、わずかに光が差し込んでいる。目をこらしていると、祭壇の前にキイスの姿が見えた。猫の鳴き声が聞こえてきたので、思わず中に足を踏み入れると、キイスがこちらを振り向いた。彼は一瞬鋭い目をこちらに向けたが、私だと気づいてほっとしたのか、安堵の息を吐いた。

「あんたか」

「あの……なにしてるんですか？」

「ここは昔から猫のたまり場になってるんだ」

キイスはそう言って、そっと猫をなでた。よく見ると、あちこちに餌入れや毛布が置かれていた。どうやら、街の人たちがこっそり餌をあげているみたいだ。私は茶トラの子猫をなでながらキイスに尋ねた。

「あの、この国って猫がいないんじゃ……」

「姫様が猫嫌いだからな。公に猫を飼うのは禁じられてるんだ。逆に、犬を捨てたりひどいことをした奴は処罰される」

「姫様が犬好きだから……？」

「そういうことだ」

あまりにも理不尽な気がしたが、犬に情をかけているだけいいのかもしれない。キイスは私の足もとにいるプリンを見て眉をひそめた。

「その犬は……」

「姫様の犬のプリン様です」

プリンは、子猫に鼻先を近づけて、くんくんにおいを嗅いでいる。その様子を見て、キイスが表情を緩めた。

「キイスさん、視察に行ったんじゃないんですか？」

「俺は騎士団じゃないからな」

そうだった。この旅で、てっきり仲間になった気でいたが、キイスはレイナスの人だった。キイスはフードの下から私を見下ろしてくる。

「あんたこそ、なんでこんなところにいるんだ。しかも、姫様の犬と」

「ええと……」

まさか追い出されたなんて、かっこ悪くて言えない。言葉を濁していたら、複数の足音が聞こえてきた。

キイスは私がなでていた子猫を取り上げて、近くに置かれていた木箱の中に放り込んだ。餌を食べていた成猫たちは、壁にあいた穴やずれたドアの隙間からすばやく逃げていった。

いったい何事かと思っていたら、大きな音を立ててドアが開いた。中に入ってきたのは、レイナスの国旗を掲げた兵士たちだった。彼らがレイナスに雇われている傭兵団なのだろう。彼らは鋭い目で教会を見回している。ひとりの兵士が私とキイスを見比べて、不可解そうな声で尋ねてくる。

「キイス……おまえ、なぜこんなところにいるんだ？」

「俺はここで育ったんだよ。懐かしくて寄っただけだ」

キイスは淡々とした口調で答えた。兵団長は眉をひそめる。

「なんだと？」

「兵団長、ここは昔孤児院だったそうです」

部下の言葉を聞いて、兵団長と呼ばれた男はじろじろとキイスを見て、顎をしゃくった。

「目上に失礼だろう。フードを取れ」

キイスがフードを取ると、兵士たちが息をのんだ。その中のひとりはあからさまに顔を背けた。キイスは周囲の反応を無視し、低い声で尋ねた。

「で、なんなんだ？」

「ここから猫の鳴き声がするという通報があった。調べるから外に出ろ」

私は思わずキイスを見た。彼は一瞬唇を噛んだ後、黙ってドアの方へ向かう。捕まえられたら、猫たちはどうなるのだろう……。殺されてしまうのだろうか。兵士は私にも外に出るよう促した。私はぐっと拳を握りしめ、かぶりを振った。

「嫌です」

「なんだと？」

「私はここにいたいんです！」

「なにを言ってるんだこのガキ。おい、連れていけ」

「きゃあっ」

私は兵士たちにかかえ上げられた。じたばた暴れていたら、キイスが剣を引き抜いて兵団長に突きつけた。兵団長は目を細めてキイスを見下ろした。

「貴様……誰に対して剣を向けている」

「あんたを尊敬したことはない。一度たりともな」

殺気立った兵士たちが、いっせいに槍をキイスに向ける。キイスはまったくひるんだ様子もなく、「エリーを離せ」と言った。

私が息をのんでいると、教会のドアが開いた。顔を出したのは、ジンだった。彼はのんきな顔でこちらに歩いてくる。

「なにしてんだよ、こんなとこで」

「ジン……貴様もか。問題児だらけだな」

「まあまあ、そう怒らないで。男前が台無しですよ？」

ジンはそう言って兵団長の肩を叩いた。彼は顔をしかめている兵団長にささやく。

「その女の子はヨーク王子のお友達ですよ」

「なんだと……？　おい、そのガキを下ろせ」

床に下ろされた私は、困惑ぎみにジンを見上げた。彼が助けてくれるとは思わなかったのだ。

ジンはこちらに笑顔を向け、兵士たちと一緒に歩いていく。兵団長はじろりとキイスを睨んだ。

「貴様、覚えておけよ」

キイスはその言葉を無視し、フードをかぶり直した。ドアが閉まったのを確認したキイスは木箱から子猫を取り出した。彼は子猫をなでながらつぶやく。

「完全に目をつけられたな。ここに置いていくのはまずいかもしれない」

子猫はきょとんとした顔でキイスを見上げている。そのあどけない様子を見ていたら、胸が痛んだ。

「その子、私が連れて帰ります」

「しかし、城内は危険では」

「灯台もと暗しって言うじゃないですか」

「あんた……えらく老成してるな」

そりゃあ、人生二度目ですから。

キイスは新しい避難所を見つけたら、知らせると言ってくれた。

私は子猫を懐に入れて宮城に戻った。門をくぐる時に緊張したが、門兵はとくに気づいた様子はなかった。

子猫を見たペンは、あからさまに嫌そうな顔をした。

「なんやそれぇ」

「かわいいでしょ？　ちょっとここにいさせてね」

「はあ～。わいには平穏はないんかあ」

ペンは嘆いて天井を仰いだ。怖いもの知らずの子猫は、ふんふんとペンのにおいを嗅いでいる。ペンは仕方なさそうに子猫を受け入れていた。私は二匹が戯れている様子を微笑ましく眺めながら、ふと思った。心の広いペンなら、きっと犬用の餌しかなかったことも許してくれるだろうと。


昼食の時間になったので食堂に向かうと、留学生たちが集まって食事を取っていた。彼らは私を見て、くすくす笑っている。気まずくて端っこで食べていると、メラニーが声をかけてきた。

「エリー様、エドモンド殿の講義はいかがでしたか？」

「えーと、すごくわかりやすくて、おもしろかったです」

「そうですか、よかった」

メラニーはそう言ってにっこり笑った。嘘をついたことに対してちょっぴり胸が傷んだが、仕方ない。不審に思われないように、午後はなるべく部屋にこもっていよう……。

私が黙々とカレーを食べていると、メラニーがじっとこちらを見る。まさか嘘がバレたのかと思って、ぎこちない笑みを浮かべた。

「えーと、どうかしましたか？」

「エリー様は不思議な方ですね。姫様より年下とは思えません。そのカレーも子供にはかなりの辛さですし」

私はその言葉にぎくりとした。そういえば、メニュー名に辛口って書いてあった気がする。今さら辛いと言うのも変だし……。目をそらしてカレーを食べていると、メラニーがため息を漏らした。

「はあ……マリン様があなたくらいしっかりしていたらいいのですが。あの方は政務にまったく興味がないのです」

「そうなんですか？」

「ご覧になった通り、マリン様はヨーク様にぞっこんでいらっしゃいます。あと姫様が興味があるものといえば、プリン様でしょうか」

メラニーはあきらめたような口調でつぶやいた。マリンが政務を執ることが決まっているということは、彼女はひとりっ子なのだろう。

「そういえば、国王様とお妃様は……」

「おふたりとも、早逝なさってしまったのです。ほかにご兄弟もいないため、マリン様が後継者なのですが……。彼女は国政には興味がなくて」

メラニーはそう言って肩をすくめた。幼い頃に親をなくしたというのは私と一緒なので、親近感が持てた。もっとも、私の親は生きているのかどうかわからないのだけれど。

マリンがなにもしようとしないので、実質この国を仕切っているのはメラニーのようだ。まだ若いのに、疲れが顔に滲み出ている。私に気を使ってくれているのはわかるが、多忙な人をわずらわせていると思うと申し訳なくなる。

「じゃあお忙しいですよね。私、好きにしているので大丈夫ですよ」

「小さいのにしっかりしていらっしゃる。姫様にあなたの爪の垢でも煎じてさしあげたいものです」

メラニーはそう言ってハンカチを目にあてた。私はふとひらめいて、こう尋ねてみた。

「あの、いらなくなった実験器具とかないですか」

「実験器具？　あると思いますが……どうなさるんですか？」

実験器具は薬品などがついているので、簡単に廃棄することはできないはずだ。

「できれば譲っていただきたいんです」

「はあ……かまいませんが」

私が頼むと、メラニーは不思議そうな顔でうなずいた。

メラニーが連れていってくれた保管倉庫には、まだ使えそうな器具が眠っていた。私は器具を箱に入れて、自室へと持っていった。

午後、私は部屋でくつろぎながらアレルギー薬の研究を進めた。お古とはいえ、レイナスの医療機器はとても質がいい。

ペンはといえば、足もとで子猫と戯れている。最初は文句を言っていたけれど、本来兄貴肌なので頼られるのはまんざらでもないのだろう。

ノックの音がしたので、急いで二匹の猫をかごに入れて布をかぶせる。応答すると、ヨークが顔を覗かせた。私はほっとして、かごにかけた布を取った。改めて、教会で猫を世話していたキイスの気持ちがわかった。子猫を目にしたヨークは表情を緩める。

「かわいいね」

「はい、見回りの兵士たちに駆除されそうになっていたんです」

「マリンの猫嫌いは筋金入りみたいだね。こんなにかわいいのに」

彼はそう言って、膝にのせた子猫をなでた。子猫はかわいらしく鳴いて、ヨークにすり寄っている。

ペンは子猫が自分よりもかわいがられているのが悔しいのか、不服げに体を丸めている。ヨークと口をきくのは半日ぶりかもしれない。なにせ、マリンがずっと彼を独占しているからだ。

「よくマリン様に離してもらえましたね」

「ああ……お客さんが来たみたい」

お客さんって誰だろう。そう思っていたら、ヨークは机の上に並んでいる実験器具に視線を向けた。

「あれ？　どうしてこんなところで作業しているの？　薬房を使わせてもらえばいいじゃない」

「えーと、この部屋、とても落ち着くので」

私が言葉を濁すと、ヨークが目を細めた。彼が立ち上がって部屋を出たので、慌ててその後を追いかける。

「待ってください、王子。どこに行くんですか？」

「薬房ってどっち？　こっちかな」

彼は通りかかった侍女に薬房の場所を尋ねて進んでいく。私はヨークの前に立ち塞がって両手を広げた。

「エリー、僕は君の実力をよくわかってるよ。だから君が侮られるのが悔しいんだ」

ヨークは静かな声でそう言った。

「私は気にしてませんから」

「君はいつもそうだよね……」

ヨークはあきれたようにため息をついた。たしかにレイナスで学べるのを楽しみにしていたけれど、みんなに歓迎されていないのにでしゃばるのは違う気がした。私はどう見てもただの子供だ。薬師だと言われても、信じられないのが普通だろう。

「ならせめて作業を手伝うよ。いいよね？」

「はい、ぜひ」

私はほっとして、ヨークと一緒に部屋へ戻った。


試薬品を作っている途中、薬草が足りなくなりそうだったので、薬草園にもらいにいくことにした。廊下を歩いていき、庭へ下りようとしていたら、声をかけられた。

「リリィ？」

振り向くと、女性がこちらを見ていた。年齢は五十代くらいだろうか。おそらく貴族なのだろう、ほっそりした体にシルクのドレスをまとっている。彼女は急いで私の方にやって来て、肩を掴んだ。

「リリィでしょう？　あなた、どこに行っていたの」

「あの、私はエリーですが……」

どうやらこの人は、誰かと私を間違えているようだ。困惑していると、使用人らしき女性がこちらにやって来た。

「レイア様、よくご覧ください。この子はまだ子供です」

使用人はレイアと呼んだ女性と私を引き離しながら、焦った声を出す。レイアは、一瞬瞳を揺らし、力なく手を下ろした。

「そう……そうね。でも、よく似ているわ」

レイアは、青い瞳でじっと私を見つめた。

とても綺麗な人だ。でも、すごく悲しそう。それに、この女の人、誰かに似ているような気がする。誰だっただろう……。

使用人の女性は私に頭を下げて、レイアの背をそっと押す。彼女に促されたレイアは額を押さえ、ふらふらと歩いていった。

「やっと帰ってくれたわね」

その声に振り向くと、マリンが立っていた。

「あの方は、どういった？」

私が尋ねると、彼女は腕を組んで、興味なさげな顔で答えた。

「レイア・ノアール。城の周辺に住んでる有力貴族よ。猫への扱いが厳しすぎるとか、医療体制を整備しろとか、いろいろとうるさくって」

「リリィさんっていうのは……」

「レイアのひとり娘よ。十年前に家出して、いまだに戻ってないんですって」

「そうなんですか……」

心労のせいだろうか、レイアはずいぶんと顔色が悪かった。マリンはちらっと私を見て、咳払いをした。

「そんなことよりあなた、王子とはどういう関係なの？」

「え？　えーと、どうなんでしょう」

私はただの庶民なので、友達というにはおこがましい。どういう関係かと改めて聞かれると困る。考え込んでいる私を見て、マリンはイライラした様子で眉を上げた。

「ちょっと、なんとか言ったらどうなの」

「王子には、よくしていただいています」

「なんなのよ、その煮えきらない回答は。王子はなんだってあなたみたいな子を……」

マリンは言葉を止めて、くしゃみを連発した。

「大丈夫ですか？」

「平気よ、ただの風邪だから。へくしっ、とにかく、これ以上王子に近づかないでよ」

マリンは私が差し出したハンカチを無視し、私の鼻先にびしりと指を突きつけた。そのままズカズカと歩いていく。

薬草を採って部屋に戻ると、ドアの前に手紙が置かれていた。それを手に取り、その場ですぐに開いてみると、〝例の教会、午後八時〟と書かれている。おそらく、キイスからだろう。子猫を保護する場所が見つかったに違いない。ちょっと寂しいけれど、すみかが見つかってよかった。

部屋に入った私は、薬草を刻んでくれていたヨークに声をかけた。

「王子、大丈夫ですよ」

「もういいの?」

あまりヨークを拘束していると、またマリンが怒ってしまう。それは本意ではないので、でできれば避けたい。

その夜、私は子猫をかごに入れて、こっそりと城から出た。外は雨が降っていて、吐く息が白かった。春とはいえ、雨だと冷えるなあ。もう一枚着てくればよかった。寒いのか、寂しいのか、猫はかごの中でにゃあにゃあ鳴いている。

ごめんね、もうちょっとだから。

私は指先で、小さな頭をそっとなでた。

背後からはっはっと息を吐く声が聞こえたので振り向くと、プリンがこちらを見上げていた。

「え? プリン様?」

プリンはわんっとほえて、豊かな毛の下から覗く瞳で子猫を見つめた。子猫が心配でついてきたのだろうか。その気持ちは微笑ましいけれど、プリンが風邪でもひいたら大ごとだ。

「姫様が心配なさるわ。大丈夫だから、帰って」

そう言ったら、しっぽを巻いてきゅうんと鳴いた。帰っていくプリンを見送って角を曲がると、馬車が勢いよく走ってきたので、思わず尻もちをついた。じわじわと雨水がしみていく。

ああ、最悪だ……。

呆然としていると、馬車の扉が開いた。そこから降りてきたのは、レイアだった。彼女は駆け寄ってきて、私を抱き起こした。

「ごめんなさい。大丈夫？」

「レイアさん……」

「あなた、宮城にいた子ね」

レイアは青い瞳を、私が手にしているかごに向けた。かごからは子猫が顔を覗かせている。

私は慌ててかごをうしろに隠したが、子猫はタイミング悪く、にゃー、と声をあげた。

どうしよう。宮城に通報されたら……。

ハラハラしながらレイアの顔色をうかがったが、彼女はなにも言わずに、私を起き上がらせてくれた。そしてすぐに私を馬車に乗せて、ハンカチを差し出してくる。シルクの高級そうなハンカチで、イニシャルが刺繍(ししゅう)されている。馬車の座椅子もふかふかで、彼女の裕福さがうかがえた。

馬車が向かったのは、大きな屋敷だった。おそらく、ここがノアール家なのだろう。私を見た使用人は、ぎょっとした。

「れ、レイア様。まさか誘拐を」

「していないわよ。お風呂を沸かして。彼女が風邪を引いてしまうわ」

「は、はい。少々お待ちくださいっ」

使用人は動揺しつつも、きびきびと歩いていった。

案内されたお風呂はとてもあたたかくて、石鹸からはほのかに薔薇の香りがした。あまりに心地よかったので、思わず湯船に浸かってぼうっとしてしまった。タオルも驚くくらいやわらかくて、ずっと包まれていたいと思うほどだった。


湯船から出て、用意されていた服を着てから居間に向かうと、レイアが表情を緩めた。

「よく似合うわ。娘が小さい時の服なの」

そんな大事なもの、着てしまっていいのだろうか。手招かれて近寄っていくと、レイアがそっと頭をなでてきた。

彼女は使用人にお茶を淹れさせて、私に事情を尋ねた。なぜこんな夜中に出歩いていたのかと。

私は温かいお茶を飲みながら、聞かれたことに答えた。

「そう、シノワ宮から来たの。大変だったでしょう？」

大変だったのは私ではなく、騎士団のみんなだ。それに、ヨークも。私は立ち上がり、かごの中に入れられた子猫を抱き上げた。

「あの、私そろそろ行かないと……人を待たせているんです。服は、すぐお返ししますので」

歩きだそうとした私の背に、レイアが声をかけてきた。

「この国では、猫の飼育は禁じられているのよ。知っているわよね」

私はハッとして振り向いた。青い瞳がこちらを見つめている。思わず、胸に抱いた子猫を抱きしめる。レイアは静かな口調で続けた。

「宮城への使いを出せば、あなたはすぐに追われる」

「見逃してください。まだ子猫なんです」

「自分よりも猫の心配をするの？　優しい子ね」

近づいてくるレイアから、私は後ずさった。私の怯えが伝わったのだろうか。腕の中にいる子猫が不安げな声をあげる。

「あなたは……本当にあの子に似ている」

彼女はそうささやいて、そっと私の頬をなでた。

◇　◇　◇

「リュウリ、起きてる？」

ノックの音と共に聞こえた幼い声に、俺は顔を上げた。手にしていたペンを置いて、椅子から立ち上がる。

ドアを開けると不安げな顔をした、寝間着姿の王子が立っていた。王子は昔から、神経が過敏なところがある。異国の地で、眠れないのかもしれない。王子はちらりと文机に視線を向けた。

「仕事中？」

ちょうど、視察の結果をまとめているところだったのだ。

「いえ。どうかなさいましたか」

「エリーがいないんだ。ちょっと話したいことがあって部屋に行ったんだけれど……」

王子はそう言って、困惑ぎみにこちらを見た。

彼と共にエリーの部屋に向かうと、たしかに彼女の姿がなかった。寝間着も畳まれて枕もとに置かれているし、ベッドメイクも崩れていない。

時刻は十時。子供がふらついていていい時間ではない。俺はソファの上でうとうとしているペンに声をかけた。

「ペン、エリーがどこに行ったか知らないか」

「へー？　知らんでー」

ペンはへそを天井に向けながら答えた。王子は部屋を見回してつぶやいた。

「子猫がいなくなってる」

どういうことかと尋ねると、エリーは傭兵団から子猫をかくまっていたのだという。エリーが消えた理由は、子猫と関係があるということか。

　ただでさえエリーには、危険人物にさらわれた過去がある。最悪な想像を膨らませていると、窓の外に人影が見えた。すばやく近づいていって押し開けると、雨が降り込んできた。そこに立っていたのはキイスだった。彼はレイナスに到着した直後から姿が見えなかったが、いったいどこに行っていたのだろう。

「なにをやっている？」

「エリーが来ないから様子を見にきた」

「なんだと？」

　キイスはぼそぼそと事情を説明した。俺は額を押さえてため息を漏らした。

「なぜエリーを巻き込んだ」

「預かると言ったのはエリーだ。そもそも、あのふてぶてしい猫を入れた時点で法を犯している。子猫が一匹増えようが一緒だろ」

　ふてぶてしい猫――ペンはそしらぬ顔であくびをしている。なにかと勘の鋭いペンがのんきにしているということは、事件に巻き込まれたわけではないのだろうか。

　とにかく、エリーの行方がわからないことには変わりない。俺はキイスに、騎士団員たちを呼びにいかせた。

　集まった団員たちは眠たげな顔をしていた。中には酒に酔っている者もいた。ジンは髪をかき上げ、面倒そうな顔でこちらを見る。

「俺は団員じゃないんだけれど？」

「エリーがいなくなった」

「あらら。ロリコンにさらわれたのか」

俺はジンの言葉を無視してルイに声をかけた。

「ルイ、城内を捜してくれ。俺は城外を見にいってくる」

「わかりました」

王子もエリーを捜すと主張してきたが、もう夜も遅いので待つように言った。明かりを手に庭に下りたが、雨で足跡は消えてしまっている。はっはっと息を切らす音に振り向くと、大きな犬がこちらを見上げていた。よく手入れされた毛並みは、泥だらけだった。たしかこの犬は――マリンの飼い犬だ。犬は数歩先に進むと、ついてこいと言わんばかりに振り向いた。

「エリーの居場所、知ってるのか？」

犬はしっぽを振りながら、わん、と声をあげた。なぜこの犬が？　疑問だったが、ほかに手がかりもないのでその後をついていく。

犬が俺を連れていったのは、大きな屋敷だった。

本当に、こんなところにエリーがいるのだろうか。

庭に足を踏み入れると、一階の窓から橙色の明かりが漏れているのが見えた。そちらに近づいていくと、エリーの姿をとらえた。

上品な洋服を着てお茶を飲んでいるエリーは良家の子女そのものだった。心地よさそうな部屋でくつろいでいるように見える。

俺が思わず立ち止まると、犬がこちらを見上げてきた。エリーの母であるリリアは、貴族の出だったと聞いた。本来ならば、彼女はこういう暮らしをしているはずなのだ。

エリーはこのまま、ここにいた方がいいのではないか。一瞬、そんな考えが頭をよぎった。

その時、犬が大きな鳴き声をあげた。

エリーが顔を上げて、こちらを見る。彼女は急いで窓辺に駆け寄ってきて、窓を押し開けた。犬はだっと駆けていき、エリーを見上げてしっぽを振る。

「プリン様？」

エリーは目を瞬いてプリンを見下ろし、こちらに視線を向けた。

「リュウリさん！」

その瞳が安堵の色に染まったのを見て、俺はエリーに近づいていった。彼女は丸い瞳でこちらを見つめてくる。

「なんでここがわかったんですか？」

「この犬が連れてきてくれた。そっちこそ、なぜここに？」

エリーはプリンを見て表情を緩めた。

「キイスさんが、子猫を隠せる場所を見つけたっていう手紙をくれて……雨に濡れたところを、レイアさんに助けていただいたんです」

彼女は困った顔で眉を下げた。

「たぶん、まだ待ってると思うんです」

「それなら心配ない。とにかく、帰ろう」

俺はそう言って、エリーに手を差し出した。エリーがその手を取ろうとした瞬間――。

「エリー？　どうかしたの」

エリーの背後から顔を出したのは、中年の上品な女性だった。この女性がノアール夫人か。

彼女は俺を見て驚いた表情を浮かべたが、屋敷の中に招く。俺が身分を明かすと、彼女は表情を暗くした。俺がエリーを連れ戻しにきたのだと気づいたのだろう。

「エリーとお知り合いなのですか」

「いえ、一度宮城で会ったことがあるだけです」

それにしては、彼女の反応は過剰に思えた。

「エリーを、うちで育てたいんです」

思わぬ言葉に虚を突かれ、俺はレイアを見返した。一度や二度会っただけの子供を養子にしようというのか。よほどの子供好きなのか。

レイアはうるんだ瞳でこちらを見てきた。

「あなたからエリーに話してくれませんか。彼女からいろいろ話は聞きました。うちにいた方が、絶対に彼女のためです」

「なぜそこまでエリーにこだわるのですか？」

俺はそう言って、子猫と戯れるエリーを見た。ああやっているぶんには、ただの子供にしか見えない。

「あの子は娘にそっくりなの」

レイアは俺の視線を追ってつぶやいた。レイアはどうやら、いなくなった娘とエリーを重ね合わせているらしい。だが、どうしてエリーなのだろう。娘にそっくりとはいえ、よく知りもしない少女を養子に迎えたいとは。なにかこの子にこだわる理由でもあるのだろうか……。ふと、俺はエリーが首から下げているロザリオに目をとめた。そうか、そういうことか。

俺は、ロザリオに刻まれた印と、ノアール家の紋章が同じだということに気づいた。このロザリオはリリアのもの。

つまり、レイアの娘はリリアで、エリーはレイアの孫だということだ。ここにいた方が幸せだというレイアの言葉は、あながち間違いではないのかもしれない。

ふと、エリーが不安そうな目でこちらを見ていることに気づいた。問題は、エリーがどう思っているかということだ。

俺は彼女に近づいていった。

「エリー、ここにいたいか」

「え……」

「レイアさんは君が必要だと言ってる」

エリーは澄んだ瞳で俺を見上げてくる。彼女がうなずいたら、俺は引くべきだ。王子やルイ、サイはおそらく寂しがるだろう。しかし、エリーを無理に連れて帰る権利はない。俺たちはエリーにとっては他人なのだから。

しかし、エリーはきっぱりとかぶりを振った。

「私の居場所は、もうありますから」

俺は、自分がほっとしたのを感じた。エリーの将来を考えたら、ここにいた方がいいのではないか。そう考えつつ、エリーを見守っていたいという思いの方が強かったのだ。

エリーの言葉を聞いたレイアは、静かに目を閉じた。エリーは子猫を抱いたままレイアに近づいていき、ぺこりと頭を下げた。

「助けていただいて、ありがとうございました。また服を返しにきます」

「……いいのよ。それはあなたにあげる」

「でも、こんなに高そうな服もらえません」

「うちに置いてあっても、タンスの肥やしになるだけだから」

レイアはそう言って、悲しげに微笑んだ。彼女はエリーを孫だと気づいているのだろうか。それとも、直感でエリーに目をとめたのか。俺はエリーと共に屋敷を出た。

子猫の入ったかごを持って教会へ向かうと、朽ちた教会の前にキイスが立っていた。キイスはエリーの格好を見て目を瞬き、不可解そうな顔を俺に向けた。

「なにがあったんだ？」

「いろいろだ」

キイスが向かったのは、大通りからはずれた場所に建つ空き家だった。この街で育った彼にとっては、城下町は庭のようなものなのだろう。この場所は、見回り兵士の目をかいくぐるにはぴったりに思えた。

エリーは優しく子猫をなでて、キイスを見上げて礼を言った。

「ありがとうございます、キイスさん」

キイスはかすかに表情を緩め、踵を返した。俺は彼の背に声をかける。

「キイス、これからどうするつもりだ」

「どうとは？」

「騎士団に入るつもりはないか」

キイスは振り向いて、じっとこちらを見てきた。エリーも俺に同意してうなずいている。最初は彼を警戒していた騎士団の連中も、最後はキイスを受け入れていた気がする。今はレイナスに雇われている傭兵だが、騎士団と違って保障がない。アレルギーというハンデを背負っている彼にとっては、うちに所属していた方がいいのではないかと思ったのだ。

「俺はここで生まれた。だからここで死ぬ」

彼はそう言って、その場から立ち去った。エリーはしょんぼりとうなだれている。俺は彼女の肩をそっと叩いた。

「帰ろう。みんなが心配している」

「はい……」

どこで生きていくかはそれぞれの問題なのだ。なにが幸福かは、個人によって違うのだから。


城に戻ると、門前で待っているルイの姿が見えた。彼は俺たちを見て、ほっと息を吐いた。

騎士団が集まっている部屋へ向かうと、サイは笑みを浮かべ、エリーの頭をぽんぽんと叩いた。

「どうした？　かわいい格好して」

「借り物なんです」

「ああ、眠い。俺はもう寝るぜ」

ジンはあくびをして去っていった。あの男がエリーを心配していたとは意外だった。エリーは肩をすくめ、申し訳なさそうに眉を下げている。

「迷惑かけてごめんなさい」

「むしろ、子供らしいとこもあるんだって安心したぜ」

サイはそう言ってエリーの頬をつついている。その様子を見て、騎士たちが笑っていた。時計を見ると、もう十一時を過ぎている。子供が起きていていい時間ではない。俺はエリーを促し、部屋に送っていった。

リュウリによると、最初に私の不在に気づいたのはヨークだったらしい。

彼にも謝らないと……。そう思ったが、もう夜も遅いし、ヨークは寝ているだろう。明日お礼を言おう。

部屋に入ると、ペンが突進してきた。彼は憤慨しながら私の足にまとわりつき、にゃあにゃあ鳴いた。

「おいエリー！　わいを置いてどこ行っとったんや！」

「ごめんごめん」

「またその犬かい」

ペンは胡乱な目で、私の背後にいるプリンを見ている。プリンのおかげでここに帰ってくることができたのだ。

よく見たら、プリンの美しい毛並みは雨で汚れてしまっていた。私は浴室に入り、泥だらけになってしまったプリンの足を洗った。もふもふした毛並みを拭いていたら、自然とあくびが漏れた。

早く寝ないと……。私は目をこすりながら、ベッドに突っ伏した。プリンとペンがそばに近づいてきた気配を感じる。あったかくて気持ちいい……。私は二匹を抱き寄せて、眠りに落ちていった。

翌朝、朝食を取るため食堂に向かうと、ヨークがこちらに駆け寄ってきた。彼は息を切らしながら、私の手をぎゅっと握りしめた。

「やあエリー。無事だったんだね、よかった！」

「ご心配をおかけして、申し訳ありません」

「いいんだよ。でも、なにがあったの？」

説明しようとしていたら、マリンが私とヨークの間に割り込んできた。

「ちょっと！　くっつきすぎよ」

「おはようございます、マリン様」

私が挨拶すると、マリンはふん、と鼻を鳴らし、ヨークの腕を引いて席に着いた。ヨークと話したいことがあったんだけれどな……。まあ、後でいいか。

朝食を取り終えた頃、メラニーがやって来た。彼は私と視線を合わせるなり、ハの字眉毛になって頭を下げてきた。

「お許しください、エリー様。まさか、エドモンドがあなたをないがしろにしていたとは思わず」

「いいえ、私は気にしていません」

私は慌ててメラニーに頭を上げさせた。メラニーは気の毒になるくらい恐縮している。それにしても、どうして彼は私が講義を受けていないことに気づいたんだろう。もしかしてヨークが話したのかと思ったが、メラニーは意外なことを言った。

「ノアール夫人から書状が届いたのです。あなたは素晴らしい薬師なので、ぜひとも勉学の機会を与えるべきだと」

レイアが？　私は驚くと同時に、彼女はそんなに偉い人だったのかと思った。

メラニーについていき、薬房に足を踏み入れると、留学生たちがちらちらとこっちを見てきた。どうやら今日は自由課題のようだ。

メラニーに空いている席を好きに使ってもいいと言ってもらえたので、端っこの席でアレルギー薬の試薬品を作ることにした。いつもと環境が違うからかもしれないが、ペンの茶々がないと変な感じだ。それに、さっきからちらちらと視線が飛んでくる。なにか変なやり方をしていただろうか？

不安になっていたら、薬師長のエドモンドが声をかけてきた。

「君、それはなんの薬かね」

「アレルギーです」

「アレルギー？」

「今、アレルギーを治癒させる薬を開発していて……」

エドモンドは目を瞬いたのち、私の言葉を笑い飛ばした。

「ははは、馬鹿を言っちゃいけない。アレルギーは治らないんだよ」

「はい、そうなんですけれど」

「これだから子供は困る。アレルギーというのは免疫疾患で、一生付き合っていくべきものなんだ」

エドモンドは得意げな口調で、いかにアレルギーが厄介なものかを説明した。エドモンドの言うことは正しいが、すべて知っていることだった。

彼が話しているのに作業を続行するわけにもいかず、私は困惑しながらエドモンドの話を聞いていた。留学生たちは馬鹿にするような目で私の方を見ている。

メラニーがやって来ると、エドモンドの説教がやんだ。

「エドモンド、姫様がおよびです」

「今行く」

エドモンドは私を横目で見て、メラニーと一緒に歩いていった。ふたりがいなくなると、留学生のひとりが私の頭に手を置いて話しかけてくる。

「ねえあんた、子供にしたって無知すぎない？　アレルギーを治そうなんてさ」

「うちも田舎だけれど、おまえの国の医療、よっぽどしょぼいんだな」

頭をぐいぐい押されて痛みに耐えていたら、伸びてきた腕がそれを阻んだ。顔を上げると、リュウリが冷たい目で留学生たちを見ていた。

「子供相手になにをしている？」

「はあ？　なんだよおまえ」

青年はリュウリを睨みつけたが、女性の方はリュウリに見とれている。リュウリは私を手招いて、薬房の外へ連れていった。また助けられてしまった。

私は顔を熱くしながら、リュウリに頭を下げた。

「ありがとうございます」

「あんなふうに扱われているのに、どうして言わなかったんだ？」

「慣れてるので……」

そう言ったら、リュウリがため息をついた。あきれられているのかと思って不安になっていたら、リュウリが頭をなでてきた。リュウリの手つきは、留学生たちのものとは全然違った。優しくて温かくてほっとした。

「……以前、竜医の話をしただろう。彼が、おまえに会いたいと言っている」

「私に、ですか？」

「ああ。話をしたいそうだ」

竜医と聞くと、頭の中に、優しい笑みを浮かべた老人が出てきた。きっと、リュウリの父親のマギさんみたいに穏やかで温かい人に違いない。話をしたら、きっとなにかいいアイデアが浮かぶはずだ。私はリュウリと一緒に宮城の裏門を出て、竜舎へと向かった。

レイナスの宮城、シスコ城の周りは森林に囲まれている。城の裏手にある竜舎も、森の中にあった。広々とした竜舎では、リードやほかの竜たちがくつろいでいた。

竜舎の真ん中には、まるで置物のように動かない老人が座っている。おそらく彼がカダルなのだろう。何歳なのかわからないが、全身から近寄りがたい雰囲気を醸し出している。カダルは真っ白なヒゲを蓄えていて、その細い体を支えるためか、大きな杖をついていた。

リュウリに促され、私はおそるおそる彼に近づいていって声をかけた。

「あの、こんにちは」

目を閉じていたカダルがいきなり目を見開いた。――義眼？　思わず後ずさったが、カダルは枯れ枝のような指で私の腕を掴んでくる。慌てて逃れようとしたら、思わぬ強さで握りしめられた。

「ほっほ、生きのいい小娘じゃのう」

カダルは義眼をぎょろつかせながら笑う。私は怯えてリュウリにしがみついた。リュウリは私をなだめながらカダルに言う。

「エリーはまだ子供なんだ。脅かさないでくれ」

「ほっほ、子供なのに薬師とは、おもしろい」

カダルは大きな口を開いて笑った。歯がまったくない。私が想像していた優しい医師とはまったく違って、内心落胆する。私はカダルを警戒しながら尋ねた。

「わ、私になにかご用だと聞きました」

「ほっほ、そこの男前が言っとった。おまえが竜の酔いをさましたと」

私は、カダルの目が左右で違う動きをしていることに気づいた。だから不気味に思えるのだろうか。いや、違う。この人の雰囲気は異様だ。表情や仕草にまったく温かみがない。こんな人に診察されて、竜は怖がらないんだろうか。それとも動物には優しいのかな。

私は彼の目を見ないようにしながらうなずいた。

「竜酔花の花粉は、慣れない竜が吸えば動けなくなるほどの効力だ。どうやって解毒した？」

「解毒花を使いました」

「解毒花?」

私は一瞬、この人にあの体験のことを話すべきだろうかと迷った。あの青年のこと、岩の向こうに現れた花畑のこと……。そう考えて、なんとなく嫌だ、と思った。竜酔花の森での出来事は、自分だけの思い出にしたかった。

黙り込んでいると、カダルが笑い始めた。

「かっ、かっ、さすが小さくても薬師だな。発見を自分だけのものにしたがる」

「あなたには言いたくないだけですっ」

「ほほう、そこの男前には言うのかね」

カダルは目をぎょろぎょろさせて、リュウリを見た。リュウリは切れ長の目をこちらに向けたが、私はむぐむぐと口を動かして、思わず目をそらす。リュウリにすら、あのことについては言えないと思ったのだ。

カダルは観察するような目で私の方を見ている。その瞳に見つめられると、本性まで暴かれてしまうのではないかと思った。本当は子供じゃないということまで……。

「は、話がそれだけなら失礼しますっ」

私は踵を返して、足早にその場を後にした。追いかけてきたリュウリが、エリー、と呼びかけてくる。私は足を止めて、ぽつりとつぶやいた。

「私、あの人好きじゃないです」

「悪かったな。おまえと話せないなら、竜のことは教えないと言われたんだ」

リュウリはそう言って表情を暗くした。満月の夜に暴走する竜。それを抑える手立てが見つかれば、第七地区の人たちは安心して暮らせる。そのためには、あの不気味な老人に教えを乞わなければならないのか。

どこを見ているのかわからない義眼を思い出し、私は体を震わせた。

その夜、私は窓辺に腰掛けて解毒花を眺めていた。あの青年はいったい何者だったのだろう。もしかして人間じゃなかったのかもしれない。ぼんやりしていたら、ペンが寝ぼけた声で話しかけてきた。

「エリー、まだ寝ないのかにゃ」

「え？　うん、寝るよ」

私は解毒花を薬草辞典に挟んで、布団に潜り込んだ。

その夜は、ぎょろぎょろと不気味に動く目玉の夢を見た。私は必死に逃げるが、目玉はどんどん迫ってくるのだ。そして最後は、その目に押しつぶされる……。

私は悲鳴をあげて飛び起きた。湿った感触がしたので見下ろすと、寝汗をびっしょりかいていた。私は滲んだ汗をぬぐって、ため息をついた。朝から最悪な気分だ。気分転換に散歩してこよう。そう思って、着替えて部屋を出る。

廊下を歩いていると、薬師たちが集まって話しているのに気づいた。彼らは私に気づいて声を潜める。すれ違う際、「おかしな風邪」という言葉が聞こえてきた。

もしかして、城内で風邪が流行っているのだろうか。季節の変わり目だし、ありえる話だ。そうなると、気になるのはヨークの体調だ。ただでさえ体の弱い方なので、ただの風邪でも肺炎になる可能性がある。予防のために、ポーションを渡しておこうか。

午後、精製したポーションを手にヨークの部屋へ向かうと、マリンがべったりくっついていた。ドアの隙間から様子を見ていたら、私に気づいたヨークが表情を緩めた。

「エリー、どうしたの？」

「あの、ポーションを持ってきました」

私がポーションを差し出すと、マリンが眉をひそめた。

「王子ってば、そんな子が作ったポーションを飲んでるの？　うちの薬師ならもっと有効なものを作れるのに」

ヨークはその言葉を無視してポーションを飲み干した。マリンは不満げにその様子を見ている。できれば体調チェックをしたかったのだが、マリンは犬でも追い払うような仕草で手を振った。

「用が済んだなら行って」

「あの、城内で風邪が流行っていると聞いたんですが」

「だとしたって問題ないわ。うちには優秀な薬師と医師がいっぱいいるから」

「そ、そうですよね……」

すげなく返されて、私はすごすごとその場を去った。

わん、という鳴き声が聞こえたので視線を下げると、太った犬がこちらを見上げていた。

「あら、プリン様。おはよう」

私は身をかがめて、プリンの頭をなでた。プリンはうれしそうにしっぽを振っている。この城での癒やしはプリンだけだ。

「アレルギー薬に竜の暴走、問題がたくさんなの。困っちゃうわよね？」

プリンはきゅうん、と鳴いて、私のスカートの裾をくわえて引っ張った。どうやらどこかに連れていきたいみたいだ。

私はプリンについて歩いていった。彼女が向かったのは大きな扉の前だった。

ここって……。私は扉を押し開けて中を覗いてみた。天井の高い室内には棚が並んでいて、大量の本がおさめられていた。どうやらここは図書室のようだ。

私は薬草学のコーナーへ向かい、何冊か本を選んで書見台へ持っていった。

すごい、初めて知ることばかり書いてある。さすが医療大国の蔵書だわ……。

読書に没頭していると、プリンがきゅんきゅんと鼻を鳴らしてこちらを見上げてきた。

「どうしたの、プリン様」

プリンはぺろぺろと私の手の甲をなめた。どうやらお腹がすいたらしい。犬缶すぺしゃるがあまっているからあげようか。

私はいったん本を読むのをやめて、プリンと一緒に図書室を出た。

「プリン様ー」

階段下から声が聞こえたので覗き込むと、侍女がプリンを捜しているところだった。侍女はこちらにやって来て、じろじろ私を見た。

「プリン様を連れ回して、なにをなさっているんです？」

「ご、ごめんなさい」

侍女はふん、と鼻を鳴らし、プリンを連れて部屋へ向かった。プリンがきゅんきゅんと鳴くので、私もついていく。

部屋には高級そうなカーテンやソファが置かれていて、私の部屋よりも居心地がよさそうだった。侍女は専用の皿に盛った餌をプリンに与えた。いかにも脂肪分が多そうだ。プリンはがっついて、すぐ平らげた。お代わりをねだられた侍女は、追加の餌を皿に入れようとする。

「あの」

思わず声をかけると、侍女がこちらに視線を向けた。

「必要以上にあげすぎるのって、よくないと思うんですけれど……」

「そうおっしゃられても、姫様が欲しがるだけ与えろとおっしゃるので」

侍女はツンとした口調で答えて、餌を追加した。

一方プリンは、食べすぎて身動きが取れなくなっている。声をかけても全然動こうとしないので、仕方なくひとりで図書室へ戻った。

私はプリンのために、以前ペンを痩せさせるために使ったポーションを作ることにした。それで少しは食欲がおさまればいいけれど。


試験管立てに、完成品のアレルギー治癒薬が並んでいる。私はそのうちの一本を手にした。作ったのはいいけれど、実際に試してみないと効果があるかはわからない。だけれどまさか人で試すわけにはいかないし……。実験用のラットがいればなあ。私はそう考えて、足もとで戯れているペンを見下ろした。

ペンはごろごろと転がっていたが、私の目線に気づいて動きを止めた。私が丸々と太った体を凝視していると、彼は怯えたように後ずさる。

「な、なんやその目は……？」

「ペンじゃ無理か。普通の体型じゃないし」

「無理ってどういうことやねん」

無理だと言われたことに腹が立ったのか、ペンが私のふくらはぎをパンチしてきた。私はペンの攻撃を避けながら考える。

そういえば、レイナスでは投薬試験はしないのだろうか。あれだけの実験施設があるのだから、実験動物くらいいそうだけれど。メラニーさんに聞いてみようかな。そう思っていたら、ノックの音が聞こえた。

ドアを開けると、プリンのお世話をしている侍女が立っていた。彼女は冷たい目で私を見て、ついてこいと言わんばかりに顎をしゃくった。

私、なにかしたっけ……？　私はペンに留守番しているようささやいて、部屋から出た。

マリンの部屋に向かうと、彼女はプリンと一緒にいた。マリンは腕組みをして私を見下ろしてくる。

「あなた、プリンに変な薬を飲ませたそうね」

「はい、食べすぎなので食欲がおさまればいいと思って……」

「余計なことをしないでよ。プリンはそのへんの犬とは違うのよ。特別に綺麗でかわいいから、なんでも欲しいものは与えているの」

かわいいからこそ、健康に気を使うべきではないだろうか。それに、むやみに人間の食事を食べさせるのもよくない。私はなるべく穏やかな口調でそう言った。意見されて腹が立ったのか、マリンはイライラとした様子で反論する。

「私が私の犬をどうしようが勝手でしょ」

「ですが……」

「いいから余計なことはしないで！」

マリンはかっとなって手を振り上げた。横から伸びてきた手が、マリンの腕を掴む。私は目の前に現れた人物を見上げ、目を見張った。

「キイスさん」

いつの間に現れたのだろう。キイスがフードの下から見下ろすと、マリンがびくっと震えた。彼女はあきらかに怯えた様子で後ずさる。

「た、たかが傭兵が私に歯向かって、ただで済むと思ってるの」

「エリーの言ってることは正しい」

「私が正しいのよ！　だって私は姫だから」

「責任も果たさないお姫様か」

その言葉はマリンの逆鱗に触れたようだった。彼女がベルを鳴らすと、兵士たちが駆けてきた。マリンはキイスを指差して叫ぶ。

「兵団長、この男を連れていって！」

「キイスさん！」

兵団長は乱暴にキイスの腕を掴んで引きずった。連れ出されるキイスを追いかけようとしたら、侍女が戸口に現れた。

彼女は汚らしいものでも持つかのように、ペンの首根っこを掴んでいる。マリンは悲鳴をあげて後ずさった。ペンは鳴き声をあげながら暴れ回って、廊下の床に着地した。そのまま跳ぶように駆けていく。

「ペン！」

「なんで猫がいるのよっ」

「この娘、猫を隠し持っていたんです」

侍女はそう言って私を指差した。マリンはわなわな震え、私の腕を掴んだ。

「もう許さない！　あんたも牢屋行きよ！」

「え、ちょ、待って」

引きずられていく私を見て、プリンが悲しげに鳴いていた。

第四章　竜の花

どこかで子供の悲鳴が聞こえた気がして、俺は顔を上げた。しかし、辺りの森林は静寂に満ちている。竜舎の窓から外を眺めていると、カダルがぎょろりとした瞳を向けてくる。

「どうかしたかね、男前」

「リュウリだ」

「人間の名前なんぞ覚える気にならんね」

カダルはそう言って、竜の顎をなでた。その瞳は、俺やエリーを見る目より幾分か優しい。

「なぜ、この国に竜舎がある？　竜騎士団はないだろう」

「昔は竜を捕らえて実験に使っていたのさ」

思わずリードの前に立つと、カダルが笑った。

「今はしとらんよ。医療大国という仰々しい称号をいただいたからな」

年齢からしても、彼はこの国の暗部まで把握しているのだろう。だからこんなところに追いやられているのだろうか？

「竜医ではなく、普通の医師になろうとは思わなかったのか」

「竜は神秘の生き物だ。それに比べりゃ、人間なんぞカスみたいなものだね」

カダルが俺に協力しない理由はそこにあった。彼はおそらく、竜の暴走を止める手立てを知っている。しかし、けっして他人に教えようとはしない。いいように騎士団を使って、のらりくらりと回答を避けている。今日も朝から、薪割りや買い出しをさせられた。

「この国にも危険が及ぶ可能性がある」

「あんたは頭が硬いな。話しとってもつまらんわ」

カダルは眉を上げ、にやりと笑った。

「話を聞きたいのなら、薬師のガキを連れてこい。あんたよりはずっとおもしろそうだ」

「エリーはあんたを嫌ってる」

「わしはわしを嫌う人間が好きだね」

なんというひねくれた老人だ。あの怯えようを見ると、エリーに頼るのは気が引けた。個人的にも、この男とエリーを接触させたくはない。だが、生誕祭は明日。それ以後は滞在が難しくなる……。踵を返すと、カダルが口を開いた。

「今年は冷えるから、〝花〟の開花が遅れとるんだよ。知っとるかね」

俺はその言葉を意外に思った。この老人に植物を愛でる心があるとは思わなかった。

城に戻ると、マリンの声が聞こえてきた。

「生誕祭の中止⁉　そんなこと、できるわけがないでしょう！」

会話の相手は宰相のメラニーのようだ。俺は足を止め、彼らの話に耳を澄ました。興奮ぎみのマリンを、メラニーはなだめている。

「しかし、侍女や給仕たちに何人も患者が出ているのです」

「知らないわよ。追い出せばいいじゃない」

患者？　もしや、病が流行っているのだろうか。彼らに近づいていくと、俺に気づいたメラニーが口をつぐんだ。マリンはじろっとこちらを睨みつけてくる。

「なによ」

「我々にできることなら、ご協力しますが」

「ないわよ！　メラニー、さっさと患者を隔離しなさい」

マリンはそう言って踵を返し、歩いていった。メラニーは俺に頭を下げて、疲れた顔で去っていった。

先ほどの話、気になるな。誰か事情を知っていそうな人間はいないだろうか。薬師なら城内の医療について精通しているだろう。

薬房に向かうと、留学生たちがたむろしていた。薬師長の姿はない。その場を後にしようとしたら、留学生たちが口を開いた。

「なあ、あのガキ捕まったらしいな」

俺は足を止めて振り向いた。留学生のひとりが、にやつきながらこちらを見ている。

「へえ、なんで？」

「姫様に意見したんだってよ。犬に餌をやりすぎだとか言って」

「馬鹿だよなあ。すぐいなくなるんだし、ほっときゃいいのに」

俺は足早に彼女の部屋に向かった。部屋には愛犬の姿はない。マリンは澄ました顔で紅茶を飲んでいたが、俺を見て眉をひそめた。

「なによ。ノックぐらいしたら？」

「エリーを捕らえたというのは本当ですか」

「ええ。今頃牢屋でべそをかいてるんじゃない？」

彼女はそう言って笑みを浮かべた。相手は子供で、高貴な地位にある。そう言い聞かせても、口調に苛立ちが滲むのを抑えられなかった。

「今すぐ出してください」

「あなた、命令する気？　私を誰だと思ってるのよ」

マリンが立ち上がって、カップを床に投げつけた。白磁のカップが音を立て、勢いよく砕ける。控えていた侍女がすばやく寄ってきて、カップを片づけた。

この城には、彼女を叱る人間は誰もいないのだ。マリンは怒りで声を震わせた。

「なんなのよ、みんなしてエリー、エリーって。メラニーまであの子のこと褒めるし」

「あなたも褒められたいなら、相応の行動をなさってはいかがですか」

マリンは真っ赤になって、手近にあったものを俺に投げつけてきた。避けるのは簡単だったが、彼女の気が済むのならかまわないと思って受けた。

マリンが花瓶を掴むと、侍女が一瞬顔をこわばらせた。マリンが花瓶を投げつけようとした瞬間、小さな人影が目の前に立った。彼女はハッとしてその人物を見る。

「お、王子」

「どうしたの？　投げなよ」

王子は静かな声で言って、マリンを見据えた。彼女は真っ青になって唇を噛む。王子は淡々とした口調で告げた。

「君は友好国の要人だ。だから今まで我慢してきた。だけれど、僕の大事な人たちを傷つけるのは許さない」

その時、メラニーがエリーを連れて部屋に入ってきた。そのかたわらにはキイスもいる。マリンはあんぐりと口を開けて叫んだ。

「な、なんでその子を出しているのよ！　傭兵まで！」

「私の判断です」

そう言ったメラニーを、マリンが睨みつけた。

「あなた……宰相の分際で勝手なことをしないで！」

「お許しください。これが最後の仕事です」

「え……」

メラニーは懐から出したものを、マリンに差し出した。彼女は呆然とそれを見ている。

「姫様はお寂しいのだから、まだ幼いのだからと、おっしゃるままにしてきました。ですから、あなたがそんなふうになったのは私の責任」

「だから、辞めるっていうの……」

「お力になれず、申し訳ありません」

メラニーはそう言ってドアへと歩いていく。王子は彼の背中に声をかける。

「生誕祭が中止なら、帰ってもいいよね？」

「はい。皆様には、申し訳ないことをいたしました」

メラニーは深々と頭を下げて、その場から去っていった。

「行こうか、エリー」

王子に促されても、エリーは動こうとしなかった。彼女は心配そうな目でマリンを見ている。

マリンはわなわなと震えて叫んだ。

「行けばいいじゃない！　みんな大嫌いよ！」

「じゃあお言葉に甘えて」

王子は肩をすくめて部屋を出た。俺はエリーに退出を促す。おそらく、マリンの神経を一番逆なでするのはエリーだ。ヨークに好かれ、皆から高く評価されている。いくらエリーが気にかけようと、彼女にとっては癪（しゃく）に障る存在でしかないのだ。

俺は部屋に戻り、出立の準備を進めていた。結局、竜の暴走を止める手立ては不明のままなんの収穫もなく、レイナスとの友好関係も保てるか微妙なところだ。

重い気分で部屋を出ると、エリーが立っていた。彼女はなにか言いたげな顔でこちらを見上げてくるものの、無言のままだ。察した俺は彼女を部屋に招いて、椅子を勧めた。彼女はちょこんと椅子に座り、ロザリオをいじる。

「怪我はしていないか」

エリーはうなずいて、ちらっと俺の方を見た。

「話したいことでもあるのか？」

「ちょっと、気になることがあって」

「気になること？」

「生誕祭はどうして中止になったんでしょう？」

どうやら病が流行っているようだと話すと、エリーが真面目な顔でうなずいた。

「私も、その話を聞きました。おかしな風邪が流行っていると。しかも、どんどん広がっているみたいで……」

「だとしても、俺たちには関係がない」

そう言ったら、エリーが困ったような顔でこちらを見た。彼女はレイナスを憂えているのだろう。あんな扱いを受けて、なぜこの国の心配をするのだ。あまりにお人よしすぎないか。俺からしてみれば、王子とエリーを連れてすぐにでも国を出たい。自分にとって最も重要なのは、ふたりを守ることなのだ。

「リュウリさんだって、竜の暴走を止めるっていう目的があるんですよね？　投げ出して帰ってしまうんですか？」

エリーは大きな目で俺を見上げ、必死に訴えてきた。

「わかったようなことを言うな、子供のくせに」

その言葉に、エリーがびくりと震えてうつむいた。その様子を見たら、罪悪感が湧き上がった。俺は子供相手に、なにを言ってるんだ。

小さな肩に触れようとしたら、悲鳴が聞こえてきた。俺とエリーはハッと顔を見合わせる。

急いで部屋を出ると、侍女がこちらに駆けてくる。彼女は俺の腕を掴んで体を震わせる。

「姫様が……！」

侍女の言葉をすべて聞く前に、マリンの部屋に向かって走りだす。彼女の小さな体が床に倒れていた。彼女は、真っ赤になって苦しげに息を吐いている。俺が駆け寄ろうとすると、遅れてやって来たエリーが腕を掴んできた。

「口布と、手袋をしてください。どんな病かわからないので」

全力疾走して疲れたのか、エリーは息を切らしてしゃがみ込む。俺は侍女から借りた口布と手袋を装備して、マリンを寝台に運んだ。俺と同じ格好をしたエリーがこちらにやって来て、彼女の顔を覗き込む。症状をチェックしていたエリーの顔が青ざめた。

「これは……」

ハラハラしながら見守っていた侍女は、やって来た医師を止めた。

「手袋をしてください」

「なにがあったのだ」

「いいからしてくださいっ」

侍女の勢いに気圧され、医師は手袋をはめた。マリンを診察した医師は眉をひそめてつぶやく。

「はしかですな」

「はしか？」

医師の言葉に、エリーは唇を噛んでうなずく。

「城内で流行っているのがはしかだとしたら、大変なことです……」

はしかなら、幼い頃にかかったので免疫がついている。そこまで重大な病気という印象はないが、医師もエリーも深刻な表情を浮かべている。

「ひとまず、城を封鎖する」

俺は騎士団員を召集するため、マリンの部屋を出た。パーティーに参加する予定の貴賓たちを城の外に誘導し、門を閉める。

留学生の薬師たちがこそこそと出ていくのが見えた。俺の視線に気づいたのか、彼らはぎくりと肩を揺らす。ルイは俺の視線を追って、小声で尋ねてきた。

「いいんですか？　彼ら、医療人を目指してるんでしょう？　学生とはいえ、引き止めれば、戦力になるのでは……」

「こんなことで逃げ出す連中は必要ない」

俺は彼らに聞こえる大きさの声で言い放った。

◇◇◇

門が封鎖され、出入りが禁じられた城内はしんとしていた。侍女や従者は不安げに歩き回っている。一方、宮城医や薬師たちは薬房に集まっていた。姫が重体とあって、皆深刻そうな顔をしている。薬師長のエドモンドが、ちらりと私の方を見る。

「なぜこの子供がいるのだ」

「彼女は姫様が倒れた際に居合わせたんだ。その際の処置が的確だった」

宮城医はそう言って、集まったメンバーを見回す。

「ところで、メラニーの姿が見えないが」

「奴は姫様に愛想をつかして出ていった。よりによってこんな時に……」

エドモンドは苦い顔で言って、髪をかき回した。彼がいてくれたらうまく取り仕切ってくれるだろうが、不在なのだから仕方ない。

「レイナスなら、はしかの治癒法についてなにか発見しているのでは？」

私は宮城医に尋ねた。

「なにか手がかりを掴んでいるとしたら、あの男だろうな」

なぜか、集まった大人たちは微妙な表情を浮かべている。あの男って誰だろう？

私は、エドモンドが口にした名前を聞いて驚いた。


樹陰から光が漏れている。私は城の裏手にある竜舎に向かって歩いていた。カダルは木にくくりつけたハンモックに寝転んで、本を読んでいた。竜医とはいえ、城内がパニックに陥っているのにのんきなものだ。

私が近づいていくと、カダルはぎょろりと義眼を動かしてこちらを見た。

「どうした、小娘。今日はひとりか」

「今、城内が大変なんです。姫様がはしかにかかって倒れてしまって」

「そうかね。わしには関係ないが」

カダルはそう言って、スナックを口の中に放り込んだ。私は彼からスナックを取り上げ、不満げな顔をしているカダルに言う。

「意見をもらえませんか」

「わしは竜医だ。人間の病気なんか知らん」

私は歴代の宮城医師長の名簿を突きつけた。そこにはカダルの名前が載っている。彼は竜医というだけではなく、立派な医師なのである。カダルは面倒そうな顔で名簿を押しのける。

「おぬし、天才薬師なんだから、自分でなんとかすればいいだろう」

「はしかの感染率は、あらゆる感染症の中でも群を抜いています。放っておいたらあなた自身も危険ですよ」

「もう十分長生きしたからかまわんよ」

カダルはそう言って、こちらに背を向けた。ああ言えばこう言うんだから。

ハンモックをぐいぐい引っ張っていると、カダルがめんどくさそうに起き上がった。私は今判明していることを彼に説明した。この感染を抑える手立てはないか。そう尋ねると、カダルはしばらく虚空を見た後口を開いた。

「そうだな、方法がひとつだけある」

「なんですか⁉」

「簡単だ。何人か殺して様子を見るんだ」

真顔でこちらを見るカダルは、とても冗談を言っているようには見えなかった。私は思わずハンモックから手を離し、後ずさった。ハンモックがかすかに揺れて、カダルは心地よさそうな表情を浮かべる。

「そ、そんなことできるわけないでしょう……」

「ほっほ、甘いの。犠牲なくして医学は進歩せん」

カダルは自分の義眼を指差した。私は思わず目をそらす。

「わしは自分の娘と孫を犠牲にして、あらゆる病の治療法を発見した。もちろん自分の体も実験台にした。それ以外にもいろいろやらかしたが、とがめる者はいなかった。——だが、時代が変わって、わしの行動が問題視され始めたわけだ」

彼は竜医として雇われているが、誰もカダルの功績について口にしない。それは医学界にとっての黒歴史だからだ。カダルは顔をこわばらせている私を見て微笑んだ。

「おまえさん、わしが怖いんだろう」

「……あなたは、人間のことをどうとも思ってない。だから怖いです」

「自分がこうなる未来が見えるんじゃないかね」

「私はあなたとは違います」

ラットがいればいいとは思ったけれど、人間で実験しようなんて考えたこともない。

「ほう、じゃあひとりでやってみればいい」

カダルはそう言って、再びハンモックに寝転がった。私はぐっと拳を握りしめ、口を開いた。

「解毒花のこと、知りたくないですか」

カダルはぴくりと肩を揺らし、こちらを見た。私は竜酔花の森で出会った青年のことを話した。カダルは、私の話を真剣に聞いている。

「ふうむ、その銀髪の男は何者なのかな」

「わかりません。解毒花について話したんだから、はしかの治療法を教えてください」

カダルはハンモックの下に置かれた箱を探って、古びた冊子を取り出した。表紙についていた汚れを払って、私に差し出した。私はそれを受け取ると、踵を返して宮城へと急いだ。


薬房に入ると、エドモンドがこちらにやって来た。

「どうだった」

私はカダルから受け取った資料をみんなに見せた。エドモンドは驚いた表情でこちらを見ている。

「よくあの男が知恵を貸したな」

カダルは変わり者だし、この国がどうなってもいいと思っている。しかし、竜に関しての情報があれば惜しみなく知識を分け与えてくれるのだ。

さっそく資料の内容を確認する。はしかの研究はかなりのところまで行っていたが、途中で記述が途切れていた。

ここからは、自分で治癒方法を見つけなくてはいけない。私は今まで採取してきた植物を用いたサンプルをみんなに見せた。薬師のみんなはいろいろと意見をくれた。

「免疫製剤を作るには、できるだけ多くの血液を集める必要があります」

私はそう言って、みんなを見回した。健康な人に限定して、献血を行うことにした。

血が集まるのを待つ間、私はマリンの様子を見にいくことにした。マリンはベッドで荒い息を吐いていた。小さな額に滲んだ汗をぬぐう。彼女はうっすら目を開いてこちらを見た。

「メラニー……?」

「エリーです」

「どうして、いるのよ」

「今、お薬を作っているところなんです。もう少し辛抱してください」

マリンはぼんやりと天井を見上げ、つぶやいた。

「私が死んだって、誰も悲しまないけれど」

「そんなことありません」

エリーはそう言って、ベッド際に寝そべっている犬を見下ろした。プリンは、ずっとマリンのそばにいる。

「いいですね、犬って」

「そうよ。犬は、猫なんかより、ずっとかわいい……」

マリンはうとうとと意識を揺らし、眠りに落ちていった。猫もかわいいですよ。その言葉はたぶん聞こえなかっただろう。音を立てないように部屋を出ると、リュウリが立っていた。

「さっき……留学生たちが逃げていくのを見た」

「そう、ですか」

「俺も同じことをしようとした。情けない」

私はかぶりを振った。リュウリはヨークのことを一番に考えなくてはいけない。だから、国を出ようと考えるのは当然なのだ。

「リュウリさん、お願いがあるんです」

私はリュウリを見上げてそう言った。私がリュウリに頼んだのは、ヨークを連れて国外へ出ること。それから、メラニーを連れ戻すことだった。

一番目はともかく、二番目はうまくいくかわからない。メラニーはすでに遠くに行ってしまっているかもしれない。もし彼を見つけられたとしても、帰城を拒否されたら終わりだからだ。


はしかは感染力が非常に高く、有効な治療方法がない。合併症をきたし、肺炎や脳炎などが起きると死亡することもある危険な病だ。接触感染や飛沫感染、空気感染でも感染る。感染を防ぐためには、発疹が出る前に隔離することが必要だ。ただし、ワクチンを接種することによって罹患を防げる。

感染してから発病するまでの潜伏期間は約二週間。高熱と咳などを繰り返し、口内にはしか特有の発疹が出る。もし患者と接触してしまった場合は、ガンマグロブリンという免疫製剤を注射する必要がある。

「皆さん、城内で同じ症状になった人がいないか調べてください。その人たちを優先に、注射します」

「なぜ君のような子供に命令されなくてはならないんだ」

医師たちは当然のように反発した。プライドがあるのだろう。気持ちはわかるが、これ以上の感染を広めないためにも、迅速な対応をしなければならない。医師長は私の味方をしてくれたが、ほかの医師たちはおさまらなかった。薬師長のエドモンドも私をよく思っていないので、そしらぬふりをしている。

どうしよう……。困っていたら、私の背後に誰かがすっと立った。

「私からもお願いします」

ハッとして振り向くと、メラニーと視線が合った。戻ってきてくれたんだ……。私と視線が合うと、メラニーがかすかに微笑んだ。

「貴様、今さら戻ってきてなんなのだ！」

エドモンドに指を突きつけられて、メラニーが深く頭を下げた。

「私に対する批判はごもっともです。しかし、今は緊急事態です」

「話にならん！」

医師たちは憤慨し、そのまま薬房を出ていった。私はメラニーに頭を下げた。

「ありがとうございます、戻ってきてくれて」

「いえ……まさか、こんなことになっているとは」

メラニーは、ちょうど関所を通るところだったという。急げばまだ間に合うと思い、リュウリに頼んで連れ戻してもらったのだ。

リュウリが速やかにメラニーの行方を追ってくれたおかげで、間に合ったのだ。もちろん断られたらそれまでだったが、メラニーなら来てくれると信じていた。マリンの回復はメラニーにかかっている。病を乗り越えるには、精神的な支えが必要なのだ。

私はメラニーと共にマリンの部屋へ向かった。


部屋に入ると、マリンがベッドから起き上がろうとしているところだった。私は慌てて彼女に駆け寄って、どうしたいのか尋ねた。

「水を……飲もうと思って」

「え？　お世話係の侍女は……」

「逃げたみたいだね」

動揺している私の背に声がかかった。振り返ると、ヨークが立っていた。彼はこちらにやって来て、水差しを手にする。

「僕が見てるよ。エリーはやることがあるでしょう」

「でも、王子に感染したら……」

私が慌てると、ヨークが肩をすくめた。

「考えてもみてよ。あれだけ一緒にいたんだし、感染るならとっくに感染ってるよ」

「た、たしかに……」

僕は小さい時にはしかをやってるんだ、とヨークが言った。

「というか、逃げた侍女を追わなくていいの？　彼女が一番近くにいたのに」

私はヨークの言葉を聞いて青くなった。はしかの感染力はすさまじいものがある。陰性かどうかもわからないのにあちこち行かれては対処しきれない。メラニーはすぐに捜索を手配すると言った。

まもなく、感染の疑いが濃厚な者たちが十人ほど一箇所に集められた。その中には、逃亡したお世話係の侍女もいた。彼女は私を睨みつけ、そっぽを向いた。

「どうして逃げたりしたんですか？　あなたは姫様に尽くしていたんじゃ……」

「それはあの方が王位継承者だから。こうなっちゃ、身の保障も怪しいじゃない」

侍女は吐き捨てるようにそう言った。私が言葉を続けようとしたら、メラニーが肩を叩いてきた。彼は無言でかぶりを振ってみせる。そうだ、この人にかまっている暇はない。

まさか、陽性の疑いのある人がこんなにたくさんいたなんて。作りためておいた製剤は、あっという間になくなってしまった。姫様のための治癒薬も作らなくてはならないのに、とてもじゃないが人手が足りない。

苦しい現状に頭をかかえていたら、メラニーが声をかけてくる。

「エリー様、顔色が悪いです。少しお休みになったほうが」

「大丈夫です。それより、宮城医の皆さんは」

「駄目です。彼らはあまりに大人げない……」

メラニーはそう言ってため息を漏らした。彼らの力が借りられないとなると、作業は大幅に遅れてしまう。どうすればいいんだろう。

メラニーに手伝ってもらって製剤を作っていると、従者がやって来た。

「ノアール夫人から書状です。緊急事態ならば手を貸すと」

すると、メラニーが顔を輝かせた。彼は急いで手紙を書いて、従者に託す。

数時間後、使用人を連れたレイアがやって来た。彼女は私を見てかすかに目もとを緩め、メラニーに向き直る。

「製剤が足りないと聞きました。大学に連絡したので、助っ人が来るはずです」

その時、宮城内にある病院から、伝達が来た。

「患者が急変しました！」

「すぐ行きます」

白衣を羽織ってすばやく歩いていくレイアを見て、私はぽかんとした。

「あの方は何者なんですか？」

「彼女はレイナス医学大学の教授をしているんです。宮城医はみな彼女の教え子なので、頭が上がらないはず」

メラニーの言う通り、レイアがやって来てほどなくすると、まったく顔を出さなかった宮城医たちが手伝いにやって来た。彼らは目に見えて慌てている。

「教授！　なぜあなたがこんなところに」

「無駄口をたたいていないで手を動かしなさい」

レイアに冷たく言われ、医師たちは押し黙った。レイアが来てから、あきらかに現場の空気が変わった。彼女のやることには無駄がなく、みんなが一目置くだけはあると思った。

この人、すごいんだ……。しばらくして、大学からの助っ人も来てくれたので、私は治癒薬を作るのに専念できた。

せわしなさの中、夜は更けていった。治癒薬が完成したのは、ほとんど明け方に近かった。

マリンの症状はかなり進行しているはずなので、すぐに服薬させるよう頼んだ。私はぐったりと机に突っ伏してつぶやく。

「はあ……疲れた……」

「お疲れさま」

レイアはそう言って、カップを差し出してきた。中にはホットミルクが入っている。

「ありがとうございます」

「それを飲んだら、寝たほうがいいわ。子供が夜ふかしするのはよくない」

「慣れてるので大丈夫ですよ。なにせブラック……」

「ブラック？」

私は慌てて口を塞いだ。ブラック企業で働いていたので夜ふかしには慣れています――とは言えない。

「あ、そうだ。お借りしていた服をお返ししますね」

「そんなの、いいのよ」

「いえ、忘れちゃうといけないので」

私は薬房を出て自室に戻った。クローゼットにかけてあった服を手に踵を返す。そういえば、ペンはどこに行ったのだろう。忙しくて気にかける暇がなかった。ソファやベッドの下を覗き込んでみたが、ふてぶてしい猫の姿はない。

「おーい、ペン～」

もしかして城の外に出てしまったのだろうか？　そう思っていたら、窓が開く音がした。

「ペン？」

そこに立っていたのはキイスだった。彼は腕にペンを抱いている。私はほっとして、彼に近寄っていく。

「キイスさんがお世話してくれてたんですか？」

「そのへんをうろついてたから連れてきた。……ひどい格好だな」

ここのところ身なりにかまっている暇がなかったので、髪はボサボサだし服も薄汚れているだろう。顔を赤らめていると、ペンはじろっと私を睨みつけてきた。

「エリー、わいのこと忘れとったんやろ」

「ごめん。ペンなら大丈夫だと思って」

「ふん。で、どうなったんや？」

「治癒薬はできたし、製剤も作っているから、なんとかなりそうかな」

「そうか。ならさっさと風呂入って寝や」

その前に、レイアさんに服を返さないといけない。ふと、机の上に置かれているアレルギー薬が目に入った。

「あ、そうだ。アレルギー薬、できたんです」

アレルギー薬を手にして振り返ると、キイスの姿が消えていた。ペンは窓を乗り越え、地面に下り立ってにゃあにゃあ鳴いている。嫌な予感がして駆け寄ると、彼が倒れていた。ペンは前足でペチペチとキイスの頭を叩いている。

「おい、どないしたんや？　死んだんか」

「ペン、縁起でもないこと言わないの！」

私がそう言うと、ペンは珍しく神妙そうな顔で前足を引いた。私は窓を乗り越えて外に出た。キイスの額に手をあてて、思わず息をのむ。

すごい熱だ……。早く処置しないと。私じゃ運ぶことができないし、誰か呼んで来なければ。

急いで部屋を出ると、ジンが歩いてくるところだった。酔っているのか、顔が赤い。彼はへらへらしながら手を上げる。

「よおお嬢ちゃん……って、なに⁉」

私はジンの腕を掴んでぐいぐい引っ張った。

ジンはキイスの顔を覗き込んで眉を上げた。

「あらら。まさかこいつ、はしかにかかったのか？」

「のんきなこと言ってないで、早く運んでください」

「お子様なのに人使いが荒いねえ」

ジンは肩をすくめ、キイスを背負って立ち上がった。そうして、患者が寝かされている部屋に連れていく。ただでさえただれているキイスの顔は、まだらになっていた。レイアはキイスを見て眉をひそめた。

「これはひどいわね。よく今まで立っていられたものだわ」

私は無言でうなずいた。これはただのはしかではない。おそらく変異種だ。そうなれば、ガンマグロブリン製剤は使えないということになる。

私は薬草かごに入っている解毒花を手にした。最後の一本……。通常の製剤にこれを追加すれば、使えるかもしれない。ただ、調合に失敗したらキイスを助けることはできないのだ。竜酔花の森まで、解毒草を取りにいっている時間はない。躊躇していたら、ペンが丸い瞳でこちらを見上げてきた。

「エリー、なにしとるん。早く薬作らんと、こいつ死んでしまうで」

「わかってるよ……」

私は緊張しながら薬の精製を始めた。失敗が許されないので、手が震えてしまう。完成したポーションをキイスに与えようとしたその時、ショールを体に巻きつけたマリンが部屋に入ってきた。病み上がりのせいか、顔色が悪い。追いかけてきたメラニーが、慌ててマリンの肩を掴んだ。

「姫様、まだ寝ていないと駄目です」

「患者の様子を見たいの」

彼女はふらふらとこちらに歩いてきて、キイスを見てハッとする。

「その人、はしかにかかったの？」

「はい。でも、薬ができたので大丈夫ですよ」

マリンは「そう」と相づちを打ってキイスを見下ろした。

「この人にも、謝らないといけないわね……」

「大丈夫です。キイスさんは、優しい人なので」

私がそう言うと、マリンが安堵した表情を浮かべた。ペンが前足で頭をかくと、マリンの顔がゆがんだ。

はっくしょん！

マリンが盛大なくしゃみをした。その声の大きさに驚いた瞬間、私の手から試験管がすべり落ち、音を立てて割れた。その場に静寂が落ちる。マリンはきょとんとした顔で鼻をこすっている。

「どうかしたの？」

「どうかしたのじゃあれへんがなー！　あんたのせいでこいつ死ぬで！」

ペンがほえると、マリンがぎょっとした。

「猫がしゃべってる⁉」

「驚くのそこかーい！」

「ペン、やめて。落としたのは私なんだから」

私はペンを抱き上げて、マリンに笑いかけた。

「気にしないでください、姫様」

メラニーはなにかを察したらしく、マリンの背を押して部屋を出ていった。ふたりを見送っていたら、めまいがした。ふらついた私を、ジンが支える。

「おいおい、あんたが倒れたらどうするんだ。少しぐらい寝れば？」

「すみません、ちょっとだけ仮眠してきます」

症状を和らげるため、キイスには通常の製剤と解熱薬を投薬した。私はペンを抱いて、ふらふらと自室に戻った。力なくベッドに寝転んだ私のそばで、ペンがぶつぶつつぶやいている。

「信じられへんで、あのガキ」

姫様にはああ言ったけれど、どうするかの目算はまったく立っていない。一時間だけ寝て、どうするかはそれから考えよう。解毒花がなくても、キイスを助けられるかもしれない。いや、助けないといけないのだ……。

――エリー。待っとけよ。

ペンがそう言った気がしたけれど、私はすでに眠りの底に沈む寸前だった。

目覚めた時には、ペンの姿がなかった。

「あれ……、ペン？」

どこへ行ったのだろう。横になったまま視線を動かしていると、ノックの音が響いた。ゆっくり起き上がってベッドから下り、ドアの方へ向かうと、レイアが立っていた。彼女の表情は青ざめている。

「レイアさん？」

「キイスさんが……」

私はハッとして、彼女と一緒にキイスのところに向かった。ベッドに寝かされているキイスの顔は蒼白だった。それを見て、心臓が嫌な音を立て始める。

まさか、そんなこと。かたわらに立っているジンが、珍しく重い表情を浮かべている。私は震えながらキイスの首筋に手をあてた。その瞬間、喉の奥が痛くなるのがわかった。息をしていない――。レイアは私の肩にそっと手を置いた。

「あなたのせいじゃないわ」

その言葉は、すごく残酷に聞こえた。

降り始めた雨が窓を叩いている。私はぼんやりと窓辺に座って、その音を聞いていた。机の上には、アレルギー薬が置かれている。なにを気にすることもなく、キイスにおいしいごはんを食べてほしかった。もう二度と、その機会はないのだ……。ふっと影が落ちたので顔を上げると、リュウリがこちらを見下ろしていた。

「リュウリ、さん」

「すまなかった」

どうしてリュウリが謝るのだろう。悪いのは私だ。解毒花の効力に魅せられて、試薬品を作るのに夢中になっていた。ちゃんと解毒花を取っておけば、キイスを助けることができたのに。

あるいは、カダルにもっと早く教えていれば。

リュウリは黙って私を抱き寄せた。私は泣きながら彼にしがみつく。ひとしきり泣いた後、私はかすれた声で言った。

「変異種が流行る危険があります。王子を連れて、宮城を出てください」

「……大丈夫なのか」

リュウリは心配そうな顔でこちらを見ている。私は息を吐いてうなずいた。


リュウリと別れた私は、ペンを捜して、城の周囲に広がる森林を歩いていた。

キイスのことを思い出すと、どうしても涙が出てきてしまう。私は息を吸い込んで、ごしごしと涙をぬぐった。まだやることはたくさんあるんだ。早くペンを見つけて戻ろう。

歩いていると、どこからともなく猫の鳴き声が聞こえてきた。私は声がする方へと向かう。

だんだんと声が近づいてきて、ペンがひょっこりと姿を現した。

「ペン、どこ行ってたの……？」

ペンは解毒花をくわえていた。そのもふもふした毛は泥だらけだ。私は息をのんで、ペンのそばに膝をつく。

「これ、どうやって持ってきたの」

「わいは勇者やからな。不可能はないんやで」

ペンはそう言ってふんぞり返った。いつもならおかしいと笑うところだった。すごいね、と褒めてあげるところだった。でも、もう遅い。肩を震わせる私を、ペンが心配そうな目で見上げてくる。

「どうしたんや、エリー」

「キイスさん、死んじゃった」

ペンの口から落下した解毒花がぽとりと地面に落ちた。

ペンはそれきり、なにも言おうとしなかった。黙り込むペンなんて、初めて見た。がんばってくれたのに、ごめんね。

私はしゃがみ込んで、ペンを抱きしめた。

「めそめそめそ、うっとうしい奴だのー」

その聞き覚えのある声に顔を上げると、ハンモックに寝転がったカダルがこちらを見ていた。

「患者が死んだのは初めてか？　ん？」

「……そうです」

「で、傷ついて泣いとるわけか。泣きたいのは患者のほうだろうが」

腹が立つけれど、カダルの言うことはもっともだった。カダルはハンモックから下りて、私に顎をしゃくった。

「連れていけ」

「は？」

「患者のところだよ」

どうして今さら？

私は不審に思いつつも、カダルをキイスのところに連れていった。

カダルを見たジンは、ぎょっとした表情を浮かべた。カダルは彼を無視して、キイスに近づいていく。私は口布と手袋を渡したが、カダルはそれを拒否した。彼はキイスをじろじろ見て、眉根を寄せた。

「こりゃあ、ずいぶんとひどい顔だな。わしでもなかなかお目にかからん」

「あんたのほうがひどいよ、じいさん。からくり人形みたいじゃねーか」

ジンは冷たい口調で言った。カダルはひひ、と笑って上目遣いでジンを見る。

「久しぶりに会う孫に罵倒されるとはな」

「え、孫……？」

「こいつはな、わしのせいで母親が死んだと思って恨んどるんだよ」

カダルの言葉に、ジンがぎゅっと眉根を寄せた。

「思ってる、じゃなくて事実だろ」

「まあそうだな。そんなことより、この男、死んどらんぞ」

「はあ？」

「頭の悪い反応だのう。おまえには話しとらんよ、ジン」

カダルは横目でジンを見て、私に声をかけてきた。

「仮死状態って知っとるか、天才薬師」

「ええ……」

私は困惑しながらうなずいた。心臓や呼吸が止まり、一見死んだように見える状態のことだ。

しかし、レイアさんはキイスさんが亡くなったと言っていた。

人間は、一定時間脳に酸素が送られないと死んでしまう。すでに蘇生不可能ではないのか。

カダルはキイスのまぶたを開いて、瞳孔を確認している。その時、部屋にレイアが入ってきた。彼女はカダルを見て眉根を寄せる。

「あなたは？」

「竜医だよ。こいつを診察したのはあんたか？」

「ええ……」

「この国の医師にとって、患者が死ぬのはあたり前だからな。呼吸が止まったのは確認しても、瞳孔までは見ない」

カダルの言葉を聞いて、レイアがかっと赤くなった。

「その昔、死んだように見えて、生きとった献体がおった。一体だけだがな」

「キイスが生きてるとして……どうやって蘇生させる。錬金術でも使うのか？」

「そうじゃな。あの小娘はまさに錬金術に匹敵するものを持っとる」

カダルはジンの皮肉にそう返して、私を見た。私は手にした解毒花を見下ろした。ペンが持ってきてくれた解毒花……本当に、最後のチャンスということか。ジンはあきれた声を出す。

「ポーションを作ったところで、どうやって飲ませるんだよ?」

「静脈注射すれば……摂取させることは可能です」

免疫成分の入った薬液を作れば、キイスを助けるだけではなく、予防接種としても使える。

「そういうことだな。じゃあ、がんばれ」

私は、さっさと歩いていこうとするカダルの袖を掴んで引き止めた。

「なんじゃ?」

「薬液を作るの、手伝ってください」

「嫌だ。わしは本を読みたいんじゃ」

「じゃあ、なんで来たんです?」

「めそめそうるさくて、読書の邪魔だったからな」

私の手を振り払って歩きだそうとするカダルの背に、ジンが声をかけた。

「たまには善行を施したらどうなんだよ。あんた医師だろ」

カダルはちらっとレイアを見た。

「宮城医どもは、わしをゴキブリ並みに嫌っとるぞ」

レイアは息を吸い込んで、低い声で言った。

「問題ありません。私が取り計らいます」

「おやおや、いいのかな。わしのような鼻つまみ者を、医学界の権威であるあんたが認めたということになってしまうが」

「人格はともかく、あなたの腕は誰もが認めるところです。それに、今は患者を救うのが第一ですので」

「褒められとるのかな？」

カダルは肩をすくめて私を見た。私は彼の問いには答えず、カダルを連れて薬房へ向かった。

薬師長のエドモンドは、カダルを見て嫌そうな顔をした。さっき宮城医に嫌われている、と言っていたけれど、この人はどこに行っても評判が悪いらしい。カダルはみんなの視線にもかまわず、どっこらしょと椅子に座る。しかも本を読み始めたので、私はあきれてしまった。

カダルは読書しながらも、私の質問には答えてくれた。彼は一貫して無関心な様子だったが、王子が開発したルーペを目にすると本を置いた。

「なんだこれは。どこで手に入れた？」

「ヨーク王子にいただいたんです」

「ほお、おもしろい。ぜひ話してみたいの」

「駄目です」

私がきっぱり言うと、カダルが残念そうな顔をした。将来のある王子を、この人に会わせるのは気が引けた。リュウリが私をカダルから遠ざけようとした気持ちが、よくわかった。

ふと、薬房の入り口にジンが立っているのに気づいた。彼は私と視線が合うと、ふっと目をそらして去っていった。

精製を始めてから一時間後、完成した薬液は金色に光っていた。まるで採れたてのはちみつのような色だ。これなら、キイスを救うことができる。そんな確信を覚えた。

カダルは薬液を注射針で吸い出し、キイスの腕に打った。私はそわそわしながら、カダルの周りを歩き回る。

「どうですか？」

「おとぎ話じゃないんだ。そうすぐに効果は出んよ」

カダルは使用済みの注射針をゴミ箱に捨てて、伸びをした。

「はー、久しぶりに城に来て疲れた。わしは昼寝する。じゃあな」

カダルが去っていくと、入れ替わるようにジンが入ってきた。彼はキイスのかたわらに腰を下ろす。傭兵仲間として、やっぱりキイスのことが気になるみたいだ。私がじっと見ているのに気づいたのか、ジンが首をかしげた。

「なんだよ？」

「カダルさんと話さなくていいんですか？」

「なにを話すんだよ、あのじじいと」

ジンはそう言って鼻を鳴らした。私にはおじいちゃんがいないので、そう聞かれてもわからないけれど……。祖父と孫の会話といえば、昔の思い出とかだろうか。ジンは眼帯を上げて、隠れていた片目を見せた。私は思わず息をのむ。失明しているのか、彼の目は白濁していた。

「あのじじいのせいでこうなった」

彼はそう言って眼帯を下ろした。そういえば、娘と孫を実験台に使ったって言っていたっけ。その言葉が真実かどうかはわからない。少なくとも、あまり穏やかな思い出ではなさそうだ。重い空気が流れる中、ペンがのんきな顔で病室に入ってきた。

「なー。エリーはらへったー」

「なんでこの猫しゃべんの？」

ジンはそう言ってペンの首根っこを掴んでいる。ペンはしゃーっと鳴いてジンの手の甲を引っかいた。ペンってば、いつでもマイペースなんだから。でも、彼のおかげで私は元気でいられるのだ。

私は苦笑して、ペンに餌をあげるために自室へ向かった。

鳥の声と共に、朝日が部屋に差し込んでくる。

もう朝か……。

ジンは壁にもたれて眠っている。私はあくびをしつつ、キイスの様子をうかがった。とくに変化があるようには見えない。もしかして、失敗だったのだろうか？　なるべく刺激を与えようと思って、キイスの手を握りしめる。覚醒するツボを押していると、かすかに反応があった。

まぶたが揺れて、キイスの瞳がこちらを見る。その瞬間、彼の死を知らされた時の何倍もの震えがきた。

私は震える声で、彼の名前を呼んだ。

「キイスさん、聞こえますか？」

「……」

キイスは眠っているジンを見て、唇を動かした。起きたばかりでうまく話せないのだろう。空気を震わせる音だけが響く。私は彼の口もとに耳を寄せた。かすかな声が耳たぶに触れる。

「起こせ」

やっぱり傭兵仲間同士、喜びを分かち合いたいんだわ。私は微笑ましく思って、ジンを揺り起こした。目を覚ましたジンは、覚醒したキイスを見て破顔した。

「生き返ったか。よかったよかった」

キイスがいきなりジンの襟首を掴んだので、私はぎょっとした。キイスは襟を掴んだ手に力を込め、怒りのこもった瞳でジンを睨みつけている。ジンはおどけた調子で両手を広げる。

「おいおい、病み上がりで無茶すんなよ」

「どうしたんですか、落ち着いてください」

私は慌ててキイスの体を押さえた。病み上がりであっても、傭兵なので私よりも力が強い。

騒ぎを聞きつけてやって来たメラニーがキイスを押さえつけ、レイアが鎮静剤を打った。キイスは先ほどまでの様子が嘘のように、そのまま眠りについた。

メラニーはため息をついて、困惑している私に尋ねる。

「なにがあったのです？」

「わかりません。目覚めたら、突然暴れだして……」

ジンはといえば、澄ました顔で襟もとを直している。このふたりの間になにかあったのだろうか……？　キイスは、おそらく薬液のせいで興奮状態にあるのだろう。そういう結論に落ち着いた。


キイスが蘇生したということを報告するため、竜舎に向かおうとしていると、ジンが声をかけてきた。

「どこ行くんだ？　エリーちゃん」

「カダルさんのところです。一応、あの人のおかげで助けることができたので」

「俺も行くよ」

私は怪訝に思ってジンを見上げた。あんなにカダルさんのことを嫌がっていたのに、どういう風の吹き回しだろう？　ジンは眉を上げ、心外そうな口調で言った。

「俺だって考えを変えることはあるぜ。キイスが助かって、結構感動したし」

それが本当ならいいことだと思った。血がつながっているんだし、仲違いしているのはよくない。

「そうかね」

キイスが蘇生したことを伝えると、カダルは興味なさげに相づちを打った。

「会いにきてあげてください」

「興味がないんで遠慮するよ」

またそういうことを言って。私があきれていると、ジンが一歩前に出た。

「死にかけてる奴を生き返らせるなんて、じいさん、あんたはすごい人だよ。尊敬に値する」

「孫に褒められたのは人生初だよ」

カダルはジンの方を見ずにそう答えた。私はカダルとジンを見比べて微笑んだ。このふたり、素直じゃないんだな。


キイスが目覚めたのは、二時間後のことだった。

鎮静剤のせいか、ぼうっとしている彼に声をかける。

「キイスさん、お水を飲みますか？　軽いものなら、食べてもいいそうですよ」

「……ジンはどこに行った」

「え？　予防接種用の薬液を、街の医院に届けるって言ってましたが」

「猫の避難場所が、焼かれてた」

私はその言葉に息をのんだ。あの夜、キイスがやって来たのはそれを伝えるためだったのか。子猫のかわいらしい鳴き声を思い出すと、胸が締めつけられる。

「そう、ですか」

「兵団長に猫のことをチクったのは、ジンだ」

「まさか、どうしてジンさんが」

私は動揺しながら尋ねた。彼は私たちが教会にいた時、助けてくれたではないか。あそこで止める必要なんてなかったはずだ。

「あいつは俺が姫に歯向かったことを知った。だから利用した」

私の疑問に答えるべく、キイスは言った。キイスがジンに掴みかかったのはそのせいなのか？　利用って、いったいなんのために？

その時、足音が響いて、兵士たちが病室に入ってきた。彼らはキイスを見下ろし、高圧的な口調で言う。

「キイス、おまえ猫をかくまっただろう」

「ジンに聞いたのか」

「そうだ。先日も姫様に逆らったな。許してはおけぬ。来い」

兵士はそう言ってキイスの腕を掴んだ。私は慌ててキイスの前に立つ。

「やめてください、病み上がりですよ」

「そうだよ。乱暴はやめておけ」

その言葉に顔を上げると、ジンが部屋に入ってくるところだった。兵士たちは彼に向かって敬礼する。

「兵団長、今からこいつを捕らえるところです」

兵団長？　ジンが？　いったいどういうことなのだ。混乱している間に、ジンは兵士たちを追い払った。彼は肩をすくめて私とキイスを見比べる。

「まあまあ、そう睨むなよ。説明するから」


ジンがキイスのことを兵団長に密告したのは、信用させるためだったということか。キイスはジンを睨みつける。

「兵団長はどこだ」

「汚職の証拠を提出して首にしてやったよ」

ジンはそう言って笑った。私はキッとジンを睨みつけた。

「兵団長になりたいから、キイスさんを裏切ったんですか」

「べつに兵団長なんてちっちゃい職が欲しいわけじゃない。どうしてもやりたいことがあるんだよ」

「やりたいこと……？」

まあ見てな。ジンはそう言って笑みを浮かべた。ジンが去った後の病室には、重い空気が流れていた。私はりんごをむきながらため息を漏らした。

「私、ジンさんは、キイスさんだけは仲間として認めると思ってました……」

「あいつはああいう奴だ」

私より付き合いの長いだろうキイスがそう言うなら、それが事実なのだろう。ちょっと皮肉っぽいものの、悪い人じゃないと思っていたのに……。私って見る目ないのかな。

うさぎの形に切ったりんごを見て、キイスがかすかに笑った。さすがに子供じみていただろうか。和むと思ったんだけれど。顔を火照らせていると、キイスが私の頭をなでた。

「あんたはゆがまず育ってくれ」

「？」

一応精神的には大人なんだが……。ジンはゆがんでしまったのだろうか。だからこんなことをするのだろうか。


翌日、兵士がジンと一緒に城内を歩いているのを見た。気になった私は、彼らを追って城を出た。傭兵団が向かったのは、城の裏手にある竜舎だった。

竜舎の前では、カダルがいつものようにのんびりとハンモックに寝転がっている。ジンはそちらに近づいていき、書類の束を突きつけた。カダルは無関心な目でジンを見る。

「なんだそれは。レポートか」

「あんたを罷免する嘆願書だ。嫌われてるな、じいさん」

私は息をのんだが、カダルはまったく気にする様子もなく言う。

「この程度で復讐した気か？　小さいな」

「負け惜しみにしてはしょぼいな。さっさと荷物をまとめろ」

「今日は体調が悪い。明日にしろ」

「知るかよ」

カダルはのろのろと起き上がり、ハンモックから下りた。ふらついたカダルを見て、ジンが鼻を鳴らした。

「おいおい、仮病か？　やめてくれよ、じいさん」

いや、仮病ではない。なにか様子がおかしい……。嫌な予感がして、私はカダルに駆け寄った。地面に膝をついたカダルの顔は真っ青だった。

「ジンさん、早く運んでください」

私の剣幕を見て、ジンの顔色が変わった。彼は部下に指示してカダルを運ばせた。私とジンは、レイアの診察が終わるまで、病院の廊下で待つことになった。

ジンは腕組みをして廊下の壁にもたれている。ベッドに寝かされたカダルは、ただの老人に見えた。

　私たちを部屋に入れたレイアは、静かな口調で言った。

「腫瘍が全身の骨に転移しています」

「……は？」

「歩くだけでも激痛だったでしょう。持って余命一ヶ月だと思います」

　その言葉に、私は息をのんだ。ジンも表情をこわばらせている。彼は焦った様子でカダルに駆け寄って、その肩を掴む。

「おい、起きろ、じいさん。勝手に死なれたら困るんだよ」

「やめてください。病人ですよ」

　レイアは声を尖らせて、ジンを押しのけた。ジンは硬い表情で後ずさり、のろのろとした動作で部屋を出ていった。レイアはため息をついて、私に声をかけてきた。

「あなた、疲れたでしょう。部屋に戻っていたら？」

「でも、カダルさんが……」

「彼はもう治らないわ。残念だけれど……」

　レイアはそう言って、悲しげに目を伏せた。治らないとしても、痛みを和らげることはできるはずだ。カダルの性格からして、ずっとひとりで痛みをこらえてきたのだろう。誰にも言えずに……。

病を克服するのに必要なのは、薬だけではない。大事な人がそばにいてくれるだけで、病気と向き合う力になる。それはマリン姫も同じだった。カダルの大事な人――。

本人は認めないだろうけれど、カダルにはきっとジンが必要なのだ。

私は薬房へ向かい、鎮痛剤を作製した。薬を精製していると、ジンが現れた。彼は無言でこちらに近づいてきて、右手を突きつけた。

「昨日の薬、よこせよ。キイスに打ったやつ」

「あれはあくまで、はしかの特効薬なので……腫瘍に効くわけではないんです」

私は困惑しながら答えた。

「いいからよこせ」

ジンは机に並べられている薬を手にした。私は慌ててジンから薬を取り戻そうとする。

「ちょっと、やめてください！」

「なにを騒いどるんだね」

その声に視線を向けると、カダルが薬房の入り口に立っていた。私はカダルに駆け寄ってその体を支える。

「駄目ですよ、起きてきちゃ」

「病人扱いするな」

強がっているが、あきらかに重病人である。

「あの男前はどこに行った」

カダルはジンの方は見ずに、そう言った。

「リュウリさんですか？　王子を連れて国を出ました」

「それじゃ、あの男前に伝えろ。竜は春、花に眠る」

謎かけみたいなことを言って、カダルはその場から去っていった。春に眠るって……。普通は冬眠するんじゃないだろうか？　首をかしげていると兵士たちがやって来た。

「兵団長、カダルの国外追放の手配ができました。ご指示を」

「……もういい」

「え？」

「どうでもいいよ。好きにしろ」

さっさと歩きだしたジンを、兵士たちが慌てて追いかけていった。

数日後、私は侍女に連れられてマリンの部屋へ向かった。ノックすると、返事があったので室内に入り、マリンに近づいていった。ベッドから立ち上がったマリン姫がこちらにやって来る。すっかり顔色が戻っていた。彼女は私の手を握りしめ、微笑んだ。

「いろいろ迷惑をかけたわね」

「いえ……」

大変だったけれど、マリンを責める気にはなれなかった。

「なにか欲しい物があれば言って。なんでも用意するから」

「なにもいりません。ただ……」

「なに？」

「キイスさんを、無罪にしてほしいんです」

「ああ、あの傭兵ね」

マリンは私の手を離して、こちらに背を向けた。

「あなたの頼みでもそれはできないわ。この国には猫は必要ないのよ」

マリンがここまで猫を嫌悪する理由について、私は思い至っていた。そのことについて話そうとした時、ドアの外からにゃー、という声がした。マリンはひっと悲鳴をあげてベッドのうしろに隠れた。ドアを開けると、ペンがこちらを見上げていた。私はペンを抱き上げて、マリンに笑いかけた。

「大丈夫ですよ、噛みついたりしませんから」

「こ、来ないで」

ペンは私の腕をすり抜けて床に着地し、マリンに近づいていった。そうして、彼女の周囲をぐるぐると歩き回っている。マリンはその間ずっと固まっていた。ペンは胡乱そうな眼差しでマリンを見上げている。

「なんや、わいみたいなぷりちーな猫にびびっとるんか」

「しゃ、しゃべった……!?」

　マリンの怯えがいっそうひどくなった。見かねて抱き上げようと近づくと――ペンが前足で毛をかいた。と同時に、マリンがくしゃみを連発する。そういえば、このあいだもくしゃみをしていたような……。恨めしげにこちらを見るマリンの瞳は、真っ赤に染まっている。

「もしかして姫様……猫アレルギーですか？」

「あれるぎい？　ああ、そうね。宮城薬師長のエドモンドがそんなこと言っていたわ」

　マリンは鼻紙を顔に押しあて、こもった声でつぶやいた。

「昔、お父様が子猫をくださったことがあるの。すごくかわいくて、うれしかったわ。でもその夜、信じられないほど目がかゆくなって……」

「そうだったんですか」

　重度の猫アレルギーならば、猫を嫌がるのもわかる。しかし、だからといって国中から猫を排除なんてしなくてもいい気がする。そう言ったら、マリンが不服げに唇を尖らせた。

「だって私が触れないんだもの。だったら、いっそいなくなってくれた方がすっきりするでしょ」

　その考え方はさすがマリン姫といったところか。逆にいえば、アレルギーが治れば彼女は猫を受け入れるということだ。

「マリン様、私アレルギー薬を作ったんです。少し調整すれば、猫アレルギーにも効くと思います」

「ええ？　だって、薬師長はあれるぎいを治すのは無理って言ってたわ」

「無理じゃありません」

私はそう言ってマリンの手を握りしめた。彼女のアレルギーを治して、レイナスを猫が安心して住める国にしたい。私は薬房でアレルギー薬を調整し、マリンのための薬を作った。


マリンの部屋に戻って薬を差し出すと、彼女はおそるおそるそれを受け取って、ひと口飲む。

彼女は疑うような目で空になった薬瓶とペンを見比べている。

「たしかに、くしゃみがおさまったわね……」

「しばらく経つと、効果が出ると思います」

マリンは結果を確認するので、ペンを部屋に置いていくよう指示した。

私は自室へ戻って荷造りすることにした。トランクに服を詰めていると、足音が聞こえてくる。勢いよく開いたドアの向こうにマリンが現れる。彼女はペンを腕に抱いていた。

「エリー！　すごいわっ、猫をなでくり回しても平気よ！」

「離せこらー！」

暴れているペンを、マリンはがっちりと押さえ込んでいる。さっきとは、完全に立場が逆であった。ペンはマリンの腕から逃れて、私のうしろに避難する。毛を逆立ててうなっているペンを見て、私は苦笑した。

「はは……こんなに早く効果が出るとは」

でもこれで、キイスは許されるはずだ。ほっとしていると、マリンが私の手を掴んできた。

「エリー、レイナスに残りなさいよ」

「え？」

「だって、あんなちんけな国にとどまっているのはもったいないわ！」

「ちんけな国……」

たしかに医学では、レイナスに劣っているのかもしれない。だけれどあの国が――。ドラゴン薬局が私の居場所なのだ。私がかぶりを振ると、マリンががっかりした表情になった。

「あらそう……やっぱり王子のこと、好きなの？」

「はい？」

私はマリンの言葉に目を丸くした。マリンは不安げな目でこちらを見ている。もちろん好きだが、ヨークは私から見れば弟みたいな……いやそれじゃ失礼か。とにかく、恋愛感情はいっさいない。

私はマリンの手を握り返した。

「王子は大事な友人です。私は姫様の恋を応援しています」

「でも、完全に嫌われちゃったわ」

「大丈夫ですよ。王子はお優しい方ですから、話せばわかり合えます」

そう言ったら、マリンがはにかんでうなずいた。


彼女は私を連れて薬房へ向かった。薬房に入った私は、予想外の事態に驚いた。なんと、逃げ出したはずの留学生たちが、戻ってきていたのだ。彼らは私を見て、バツが悪そうにさっと目をそらした。マリンはちらっと留学生たちを見たが、声をかけることなく薬師長のもとへ向かう。

「エドモンド、エリーが国に帰るのよ」

「そうですか。お達者で」

彼はまったくそうは思っていない口調で言った。

「それで、あなたアレルギー薬を作れる？」

薬師長は困った子供を見るような眼差しをマリンに向ける。

「姫様、アレルギーの特効薬はありません」

「あるわよ。証拠を見せてあげる」

マリンが声をかけると、ペンを抱いた侍女が薬房に入ってきた。薬師長はぎょっとして侍女を見る。

「おいおまえ、なにをしている。姫様は……」

マリンは澄ました顔でペンを受け取り、抱っこした。まったくアレルギー反応を起こさないマリンを見て、薬師長の目が見開かれる。

「そんな馬鹿な……いったいどういうことだ」

「エリーが作った薬を飲んだら、アレルギーが治ったの」

「ありえない」

「それがありえるのよ。大体あなた、はしかの時も大してなにもしてなかったわよね。流行り病を抑え込んだのもエリーの薬のおかげだし」

その言葉を聞いて、留学生たちがざわめき出す。

「とにかく、私には不可能です」

薬師長は咳払いしてそう言った。

「あなたに不可能でもエリーはできる。エリーにお願いして、作り方を教えてもらうのよ」

薬師長は信じられないという目でマリンを見た。マリンは薬師長を見上げ、ぴしりとした口調で告げた。

「これは命令よ」

「ぐっ……」

薬師長は苦い薬でも飲んだかのような顔をして、私に頭を下げた。喉の奥から絞り出したような声で言う。

「教えてください、エリー様」

「もちろん教えますから、やめてください」

私は慌てて薬師長に頭を上げさせた。そのやり取りを見届けたマリンは満足そうな顔でうなずいて、ペンを抱いて薬房を出ていった。

私は薬師長にアレルギー薬のレシピを渡した。薬師長は黙ってそれを受け取ると、持ち場に戻って黙々と精製を始めた。

私も荷造りの続きをしようと出入り口に向かったら、目の前に留学生たちが立ち塞がった。なにか言われるのかと縮こまっていたら、彼らのひとりが口を開いた。

「あんた、はしかの時、ここに残ったのね」

「え、はい……すみません」

「なんで謝るわけ」

相手はそう言って眉を上げた。なんとなく、謝る癖がついているのだ。直したいとは思っているのだが。こういうところがみんなを苛立たせるんだろうか。おどおどしている私に、彼女は手を差し出してきた。

「あんたはすごいよ。私たちは、ただ逃げ出しただけだった」

「いえ、そんな」

「謙遜は逆に嫌みだよ」

私は慌てて彼女の手を握った。その手はとても温かかった。さっきまで、ただ怖い人たちだと思っていたけれど……。本当に悪い人たちではないんだ。だって、みんな誰かを助けようと思って医療を志しているんだから。留学生は私の手を握ったままでつぶやいた。

「ちっちゃい手だな……あんたいくつ？」

「九歳です。たぶん」

「たぶんってなに」

留学生はそう言って笑った。その笑顔を見ていたら、心がぽかぽかした。最後に話せてよかったな。私は足取り軽く自分の部屋へ戻った。


荷造りを終えた私は、カダルのところへ向かった。

彼は宮城内にある臨床病棟で療養していた。ここは医学進歩のために作られた施設で、自ら志願した者が新薬や新治療法の被験体となる。カダルは最期を迎えるまでここで過ごすのだ。

病室に入ると、カダルが窓の外を眺めていた。彼は私を見て眉を上げた。

「なににやついとるんだね」

「え？　そんなことないです」

慌てて頬を押さえると、カダルが鼻を鳴らした。

「どうせおだてられて調子に乗っとるんだろう」

「の、乗ってません」

まさかどこからか見ていたのか。この人、魔術とか使えそうな見た目をしているし。私がそんなことを考えているとも知らず、カダルは尋ねてくる。

「で、なんか用かね」

「国に帰るので、ご挨拶に」

「いらんいらん。さっさと帰れ」

カダルはそう言って、しっしと手を振った。この人とは最後までわかり合える気がしない。まあいいか。カダルが和解すべきは、私ではない。私はため息をついて、カダルを見つめた。

「カダルさん、ジンさんとお話ししましたか」

「そもそも、あれから会っとらん。兵団長様になったから忙しいんだろうよ」

「いいんですか？　話さなくて」

カダルには時間がない。後悔しないように、一度話し合った方がいい気がする。カダルは皮肉っぽい顔で私を見返した。

「お嬢ちゃん、家族はいるかね」

「いません」

「だからか。あんたは血縁ってものに幻想を抱きすぎだ。血のつながりがあるからこそ、こじれたら面倒なもんだよ」

こじれている原因のほとんどはカダルのせいな気がするけれど。私だってこの人が家族だったらすごく苦労すると思う。さらに言及しようとしたら、首を突っ込むなと言われた。たしかに、ジンとカダルの問題なので私は関係ないけれど。

「竜の暴走についてなんですけれど……」

「そのことは伝えただろう。あれ以上ヒントはやらんもんね～」

カダルはそう言って舌を出した。知っているなら教えてくれればいいのに。『竜は春、花に眠る』と言われても……わかる気がしない。この人って、子供みたいだわ。子供の姿の私が言うのも変だけれど。私は肩をすくめて立ち上がった。

「じゃあ、私行きますね」

病室から出ようとすると、カダルが口を開いた。

「あまり周りを信じるなよ」

振り向くと、カダルがひひ、と笑った。焦点が合わず、どこを見ているのかわからない瞳がこちらに向く。

「わしはいくつもの症例をみたし、様々な病の解明をしてきた。娘を犠牲にしてまで患者を救った。だが結局、こうやってひとりで死んでいく」

「私は、あなたとは違うんです。私の周りは、とっても素敵な人ばかりですから」

そう言ったら、カダルが耳障りな笑い声をあげた。最後まで感じの悪い人だ。同じ医療従事者でも、この人のことは理解できない。こんな事態になっても、ジンと話し合おうともしないなんて。カダルは自分からひとりになっているように見えた。それは、とても悲しいことに思えた。

帰る時間になると、メラニーとマリンが門前まで送ってくれた。ペンを抱いたマリンが、寂しそうな声を出す。

「また来てくれる?」

「はい、必ず」

「手紙を書くわ」

彼女はそう言って、ペンを抱き上げて私に手を差し出した。私とマリンが握手している脇で、ペンがぼやく。

「わいは嫌やで。抱きつぶされるのは勘弁や」

「ペンってば素直じゃないんだから」

「わいはとっても素直なニャンコやで」

むくれるペンを抱き上げて馬車に乗り込もうとしたら、プリンがまろぶように駆けてきた。出会った時に比べたら、ずいぶんと痩せたように見える。プリンのうしろからやって来たキイスがかすかに笑みを浮かべる。

「元気で」

「はい。キイスさんも」

キイスは傭兵団に残ることになったらしい。よくない思い出もあるけれど、やはり、生まれたこの国に骨をうずめたいのだとか。リュウリが残念がるなあ。ジンの姿はない。キイスは私の視線に気づいて肩をすくめた。

「ジンにも声をかけようとしたが、酒場にでも行ってるのか、朝から見あたらない」

「そうですか……」

カダルのことを話しても、たぶん同じ結果に終わるだろう。というか、兵団長なのに昼間からお酒を飲んでいていいのだろうか。

扉が閉まって、御者が鞭を鳴らすと、馬車が走りだした。私は御者に声をかけた。

「あの、ノアールさんのお屋敷に寄っていただけますか」


馬車から降りた私は、屋敷の呼び鈴を鳴らした。

出てきた使用人は私を見て驚いていたが、すぐに冷静な表情に戻って中に招いてくれた。どうやら、先客が来ているようだった。さすが忙しいんだな。わずらわせるのも気が引けるし、言づけて帰ろうか……そう思っていたら、扉が開いた。

そこから出てきた女の子は、子猫を抱いていた。五、六歳くらいだろうか。女の子は私と視線が合うと、慌てて子猫を背中に隠す。この子、姫様が猫を好きになったこと、知らないんだ。私は表情を緩め、女の子の顔を覗き込んだ。

「かわいいね」

女の子はほっと息を吐いて、子猫をこちらに差し出した。私は子猫の顔を覗き込んでハッとする。この子って、もしかして。私は女の子に、どこでこの子猫を見つけたのかと尋ねた。

「この近くで、おうちが燃えたの。その近くの公園にね、猫がたくさんいたの」

女の子は舌足らずな口調で説明した。やっぱり……避難所が燃えてしまう前に、猫は逃げ出していたんだ。すごいな、動物の危機察知能力って……。

子猫の足には包帯が巻かれていた。やけどでもしたのだろうか。女の子は上目遣いでこちらを見てきた。

「お姉ちゃん、猫のこと、ないしょにしてね。お姫様は、猫がきらいなの」

「大丈夫よ」

そう言ったら、女の子が不思議そうな顔で首をかしげた。きっとそのうちわかるだろう。この国の猫たちは、安全に暮らせるって。

帰っていく女の子を見送って、室内に入ると、レイアが窓辺に立っていた。声をかけると彼女は振り向いて、こちらにやって来る。レイアは私の荷物を見て、少し悲しげな顔をした。

「帰るのね」

「はい。いろいろとお世話になりました。それと、これ……」

私は綺麗にアイロンをかけたワンピースを、レイアに差し出した。いろいろあったせいで、返しそびれていたのだ。レイアはそれを受け取って、そっとなでた。

「返さなくていいと言ったのに」

視線を私の胸もとに下げたレイアが、ハッとした。

「あなた、そのロザリオ……」

「あ、これは借りたもので」

「借りた……？　誰に？」

「聖女のリリアさんです」

レイアは声を震わせて、こう尋ねてきた。

そう言ったら、レイアは泣きそうな顔で私を抱きしめた。彼女の細い体は震えていた。きっと娘さんのことを思い出しているんだろう。おばあちゃんがいたら、こんな感じなのかな。そう考えたら、鼻の奥がつんとした。私はレイアの背に、そっと腕を回した。窓から差し込んだ光を受けて、ロザリオがきらりと光った。


レイアと別れて馬車に戻ると、中でごろごろしていたペンが顔を上げた。

「遅いで、エリ〜」

「ごめんごめん」

体を起こしたペンは、私を見て不思議そうな顔をした。

「どうしたんや。目が赤いで？」

「うん……花粉症かも」

私はそう言って目もとをぬぐった。

窓から見える景色を眺めながら、レイアのことを考えた。いつか娘さんが見つかるといいな。私にはそう祈ることしかできないけれど……。

馬車から降りて関所へ向かうと、帽子を目深にかぶった門兵が立っていた。私が通行証を差し出すと、無言で通してくれた。

関所を抜けると、ふっと影が落ちた。見上げると、竜に乗ったリュウリが降りてくるところだった。数日ぶりにリュウリの姿を見たからか、すごくほっとした。

「リュウリさん」

「変わりはないか」

「はい」

いろいろ話したいことはあったが、時間はたっぷりあるし、急ぐこともないだろう。リードとリュウリに近づいていこうとしたら、うしろから引き寄せられた。呆気にとられている間に、聞き覚えのある声が耳に響く。

「来ると思ってたよ、騎士団長様」

この声……まさか。顔を上げると、ジンがこちらを見下ろしていた。どうしてこの人がここに？　ジンは私を羽交いじめにして、首筋に小刀を突きつけていた。混乱している間に、リュウリは剣を引き抜いていた。

「なんのつもりか知らないが、エリーを離せ」

「まあそんなに怒るなよ。エリーちゃんにはなにもしない。俺は竜が欲しいだけだ」

ジンはひょうひょうとした口調で言う。とても人質を取っているとは思えない態度だ。リュウリは眉根を寄せた。

「竜を手に入れてどうする」

「さあ、適当に旅でもしようかな。この国には飽き飽きだ」

「どこへでも行けばいいが、リードは渡さない」

ジンはため息をついて、私の首筋に小刀をあてた。かすかに痛みが走って、私は息をのむ。滴り落ちた血を見て、リュウリがぎゅっと唇を噛んだ。ジンはリュウリを観察しながら言葉を続けた。

「たかが竜だろ？　またそのへんで拾えばいいさ」

「そういう問題じゃない。リードは俺のものではない。国の所有物だ」

「はあ。騎士って面倒だよな」

ジンはため息をついて、懐からなにかを取り出した。陽光を受けて銀色に光っている。あれは——笛？

彼は息を吸い込んで、思いきり笛を吹いた。その音が鼓膜を叩いた瞬間、私はあまりの衝撃にしゃがみ込んだ。経験したことのない痛みが、頭と耳を襲ってくる。それは、リュウリも同じようだった。

ジンはふらついたリュウリを突き飛ばして、リードの手綱を取った。リードは当然のごとく暴れたが、ジンが笛を吹くと目つきがかわった。

まさか、あの笛で竜を操っている……？

私たちが立ち上がれずにいる間に、ジンはリードと共に上空へと舞い上がった。

「じゃあなー」

竜のスピードは馬の四倍。しかも、遮るもののない空路を行くのだ。ジンとリードはみるみるうちに見えなくなる。私はまだ痛む頭を押さえ、這うようにしてリュウリに近づいていった。

「リュウリさん……大丈夫ですか」

「すぐに、追わなくては」

リュウリはふらつきながら起き上がった。しかし、すぐに膝をついてしまう。

あのリュウリがこんなふうになるなんて。

私はほかに兵士がいないか探したが、ジンが人払いをしたのか気配がない。リュウリの耳からは血が出ていた。耳からの出血はとても危険だと言われている。私は息をのんで、彼の腕を掴む。

「手あてしないと」

「そんな余裕はない。エリー、城に戻って、姫様に事情を話してくれ」

リュウリはそう言って、壁伝いに歩き始めた。門につながれていた馬に乗って、リードを追って走りだす。あんな状態で、リードに追いつくなんて無理だ。どうしよう。

視線を動かしていたら、げっという声が聞こえた。顔を上げると、こちらを見ているパーティーがいた。

あの人たちって……。私の視線を受けた魔道士のユウリが、さっと顔を背けた。その中のひとり、エイトがこちらに駆け寄ってくる。

「どうしたの、エリー」

「エイトさん……」

エイトは私の首筋に血が滲んでいるのに気づいて、ハンカチを貸してくれた。ユウリは私のことなど気にもとめず、辺りを見回している。

「この関所、なんで誰もいないんだ？」

「通っていいんじゃない？」

ユウリたちはそう言ってさっさと歩きだそうとしたが、エイトはそれを引き止めた。

「待って。エリーを放っておくの？」

「知るか。俺たちはあんたを送り届けなきゃならないんだよ」

「嫌だよ。僕はエリーを放ってはおけない。僕を助けてくれた人だ」

「めんどくさいお坊ちゃんだな。あんたが勝手に毒を食べて、こいつが勝手に助けただけだろう」

ユウリはタバコに火をつけ、イライラとした口調で返した。エイトはそれに反論する。

「君が狼煙を上げて助けを呼んだんじゃないか」

「ああもう……だからガキの護送は嫌なんだ」

ユウリが杖を取り出すと、エイトは慌てて私のうしろに隠れた。私はユウリの杖を見てハッとする。

「ユウリさん、魔術で特定の人を捜せますか」

「は？　まあ血か毛があれば」

「血ならあります」

私は地面に落ちたリュウリの血を指差した。ユウリはそれを見て鼻を鳴らす。

「そんな量じゃ無理だね」

「君は優秀な魔道士だってお父様が言ってたけれど、たいしたことないんだね」

エイトの言葉に、ユウリがぴくっと肩を揺らした。睨みつけられたエイトは怯えた顔で後ずさる。ユウリは舌打ちし、私に手のひらを突きつけた。

「え？」

「毛か血だ。どっちかよこせ」

「リュウリさんのものはないです……」

「おまえでいい。悪魔を召喚するには生贄がいるんでね」

私は地面に落ちていた小刀を拾い上げ、髪を切り取った。それをユウリに手渡す。ユウリはリュウリの血が落ちた地面に魔法陣を描いて、私の髪を振りまいてこう唱えた。

「探索の悪魔よ。かの者の居場所を示せ」

魔法陣が緑色に光って、中央から煙が出た。角の生えた生き物が現れて、甲高い声で言った。

「トウホク、一万メートル地点、竜酔花の森」

悪魔はそれだけ告げて、すぐに消えてしまった。ユウリはだるそうにこっちを見て、不機嫌な声で言った。

「居場所がわかったぞ」

「ありがとうございます！」

「わかったところで行けるわけ？」

パーティーメンバーの女性はあきれている。たしかにそうだ。どうしよう……。困っていると、ユウリが私の首根っこを掴んだ。

「え？　え？」

次の瞬間、目の前が真っ白に染まって、私は森の中に降り立っていた。周囲を竜酔花の木々が囲んでいる。ここはもしや、東北一万メートル地点？　まさか、ユウリが助けてくれるなんて……。思わずユウリを見上げると、彼が舌打ちした。

「おまえがいるとあのお坊ちゃんが動かないんだ。まったく、いつまでたっても疫病神だな」

「ありがとうござ……」

お礼を言う前に、ユウリは無言で杖を振って姿を消した。もう行ってしまうのか……。ユウリらしいといえばらしいけれど。このあたりにリュウリがいるはずなのだ。私は彼を捜して歩き始めた。

◇◇◇

俺は馬で森林地帯を駆けていた。いくら鞭を入れても、馬では竜のようなスピードは出ない。このペースで走り続けたら、早いうちにつぶれてしまうだろう。どうする……。そう思っていたら、馬が足を止めた。俺が首を叩いても、びくともしない。

いったいどうしたのだ。影がふっと落ちたと思ったら、リードがこちらを見下ろしていた。

その瞳には、いつもの優しさや温かみはない。これが本来の竜の瞳なのか……。リードの背には、膝を立てたジンが座っていた。彼はこちらを見下ろし、ニヤニヤと笑っている。

「よお、騎士団長様。具合が悪いようだが大丈夫か？」

「……なぜここにいる」

リードのペースならば、すでに追いつけないところにまで行っているはずだ。まさか、俺を待っていたのか。なんのために？　ジンはリードの背から降りて、こちらに歩いてきた。腰から引き抜いた剣を突きつけてくる。

「前に話しただろ？　あんたと戦ってみたいって」

「その気はない」

「まあ今の状態じゃな」

ジンは余裕たっぷりに笑った。彼の自信は、己の力を信じているからなのか。それとも……。

俺は微動だにしないリードをうかがって、ジンに尋ねた。

「その笛は、なんなんだ……」

「ああ、これか？　じいさんがくれた……って、話したか」

「それで竜を操っているのか」

「さあ。俺はただ吹いてるだけだからな。なんにせよ、こんなもんで言うことを聞くなんて、ちょろい生き物だよな」

ジンは馬鹿にしたような顔でリードを見た。竜は賢い生き物だ。こちらの感情を敏感に感じ取る。しかし、リードは侮られてもなんの反応もしない。

どうしてこんな奴に従っている。目を覚ませ、リード。

俺が願ったところで、リードはジンのそばを離れようとしない。ジンはなにを考えているのかわからない男だ。竜を手に入れて、悪巧みをしているのかもしれない。この状態のリードを、放置しておくわけにはいかないのだ。

リードを俺の手で切るしかないのか。

俺は息を吸い込んで、剣を構えた。

「どけ」

「おいおい、まさか竜を殺すのか。あんたの所有物じゃないんだろ?」

「おまえに渡すのなら、その方がマシだ」

「人間の都合に振り回されて、かわいそうになあ」

ジンはリードに哀れみの瞳を向け、こちらに剣を突きつける。

「ま、その前に俺があんたを殺すけれど」

最初に仕掛けたのはジンだった。

静かな森に、ジンの剣と俺の剣がぶつかり合う音が響く。金属音がやけに癇に障る。いつもなら容易に操れる剣が重い。あの笛はおそらく、人間にとっては害なのだ。しかし、それならどうしてジンは平気なんだ……？

ジンの剣が俺の腕を切り裂いた。滴り落ちる血で、持ち手がすべってしまう。しかし、止血する余裕はなかった。剣が、虚しい音を立てて地面に落下する。剣の切っ先が、俺の首筋に突きつけられた。ジンは俺を見下ろして尋ねてきた。

「最後になんか言いたいことある？」

「……おまえはなぜ、平気なんだ」

「そんなことが聞きたいのかよ。変わってんなあ」

ジンは片目を細めてこちらを見ている。

「じいさんにいろんな実験をされたおかげかなあ。俺は普通の人間より器官が丈夫なんだよ」

そういう扱いを受けて、この男はゆがんでしまったのか。だが、彼を哀れんでいる余裕はない。ここで死ぬわけにはいかないのだ。殺す気でいかなくては。俺はジンに気づかれないよう、袖に仕込んでいた小刀を出した。

「リュウリさんっ！」

その声に、俺はハッと顔を上げた。まさか、そんなはずがない。しかし、こちらに駆けてくるエリーが見えた。どうして彼女がここに？

ジンもぽかんとした顔でエリーを見ていた。

その時、張り出した根に引っかかって、エリーがつんのめった。彼女は地面に転がる前に、なにかを投げた。俺はそれを受け取って見下ろす。

これは――ポーション？

まるで金を溶かしたような色をしている。ジンの剣が振り抜かれる前に、俺は身を伏せて彼の足に小刀を突き刺した。

ジンがうめいてしゃがみ込んだ隙に、俺はエリーに渡されたポーションを飲み干した。次の瞬間、全身を襲っていた倦怠感も痛みも、すべてが消え去った。俺は体勢を立て直したジンに切りかかり、彼の剣を弾き飛ばす。

剣はくるくると回って地面に突き刺さった。ジンは呆然と俺を見ていた。

「え……なんだ？　動きが急に……」

剣を振るうと、突風が吹いた。ジンは自身の体をかばうように、腕を交差する。俺はジンの背後に立って尋ねた。

「なにか言いたいことはあるか？」

「……まいった。あんたは強いよ」

彼はそう言って両手を上げた。その背中にはあきらめが漂っていた。ここで殺すべきか。だが、エリーが見ている。後頭部を強打すると、ジンは声もなく倒れた。どうやら、頭を鍛えることはできなかったらしい。

あとは、リードだ。俺は剣を持ったまま、リードに近づいていった。そっと手を差し伸べると、リードが牙をむいた。

俺を襲ってきたら、おまえを切らなければならない。頼む、もとに戻ってくれ——。

祈るような気持ちでいたら、なにか黄色いものが舞い落ちた。視線を上げると、それが頬に触れた。俺はそれをつまんで見る。

「花……？」

風もないのに、竜酔花の花がはらはらと降ってくる。くうん、と犬が鳴くような声がしたのでそちらに視線を向けると、リードがこちらを見ていた。その眼差しは、いつもと同じように見えた。とろんとした瞳で俺を見て、甘えるような声を出している。俺はそっとリードの頬に触れる。

「リード？」

リードはまた鳴いて、うれしそうに俺にすり寄ってきた。間違いない。いつものリードだ。

エリーは竜酔花を見上げて、ぽつりとつぶやいた。

「カダルさんが言ってました。竜は春、花に眠るものだって」

そういえば、カダルは今年は冷えたせいで花の開花が遅れていると言っていた。花が咲くのが遅れたせいで、竜は暴走していたということか。人間にはどうしようもない自然の摂理。竜の暴走を止める秘密とは、これだったのか……。

俺は手を伸ばし、優しく降り注ぐ黄色い花に触れた。

最終章　赤の祭り

ちりんちりん、と郵便屋が鳴らす自転車のベルの音が響く。私は調合の手を止めて、スツールから下りた。私よりも先にドアへと向かったペンが、郵便屋を見上げてにゃあ、と鳴く。

「おやペン。手紙を取りにきたのか。偉いなあ」

郵便屋さんは身をかがめて、ペンをなでている。ペンは寝っ転がって腹を見せた。

「おっと、これだな」

郵便屋さんは懐から出した猫用のおやつをペンに差し出した。ペンはかわいらしくそれをくわえて、さっさと奥に引っ込んだ。ペンの狙いは手紙ではなく、訪問者がくれるおやつである。

私が郵便物を仕分けしていると、おやつを食べていたペンが声をかけてきた。

「なあなあエリ〜。暇や。買い物でも行こー」

「駄目。今日中に調合しないといけない薬があるのよ」

ビルのアレルギーは、薬を飲むことによってだいぶよくなってきた。今日も薬を頼まれているのだ。

「エリーのけちけちけちけちんぼ〜」

ペンはごろごろしながら私の足をパンチしてきた。いつものことなので、かまわずに仕分けを続行する。ダイレクトメール、請求書。それから……。

ふと、郵便物の中に見慣れないものがあった。箔押しの封筒である。誰だろう、こんな高そうな封筒を使うのって……。封筒に書かれた差出人の名前を見て、私はあっと声を漏らした。

反応したペンが、机に飛び乗って声をかけてくる。

「なんや？」

「マリン様からお手紙だよ」

「あーあのわがままなガキンチョか」

ペンが無関心そうな声を出した。一国の姫に向かってガキンチョとは無礼な猫である。私は封筒を切って中身を取り出した。便箋には、流麗な字が連なっていた。やっぱり姫様は字が上手だなあ。

〝エリーへ。先日は大変お世話になりました。ペンは元気ですか？　プリンはとっても元気です。キイスはだいぶ食べられるものが増えてきたわ。レイナスでは、貧しい人たちのために、無料で予防接種が行われることになりました。私はメラニーに教えてもらって、政務をこなしてる。今までなにもやってなかったから大変だけれど、がんばります。もし近くに来ることがあったら、遊びにきてね〟

私が一枚目の手紙を読み終えると、ペンがふん、と鼻を鳴らした。

「あんな面倒な国、二度と行かへんっちゅーねん」

「じゃあ、ペンはお留守番ね」

「エリーはだんだんいけずになっとる……誰の影響やっ」

ペンは再び猫パンチしてきた。べつに誰の影響でもないけれど、あえて言うなら経験のせいだろうか……。二枚目の手紙には、ジンとカダルのことが書かれていた。

〝ジンは客人に無礼を働いた罰として、傭兵団をクビになりました。代わりに、キイスが兵団長になったの。会議でジンを国外に追放する案も出たんだけれど、キイスがもっといい罰があるって。なんだと思う？　カダルの看病を言いつけたの。ジンは死んだ方がマシだって言ってたわ。しぶしぶだけれど、毎日病棟に通ってるみたい〟

ジンとカダルがいがみ合っている光景を想像したら、顔が引きつった。

「よかった……のかな」

「ええんちゃうの、どうでも」

ペンは無関心な声で言った。ペンってたまにドライだよね。

「レイナスのことなんかより、わいと遊ぶ方が大事やろ」

ペンは机にだらーんと寝転がって、私が手紙を読むのを妨害してくる。仕方ないなあ。私はため息をついて立ち上がった。おもちゃのボールを手にし、ペンと一緒に遊んでいると、薬局のドアが開いた。そこから顔を出した人を見て、私はあっ、と声をあげる。ドアの前に立っていたのはリュウリだったのだ。私はボールを放って、彼に駆け寄った。

「リュウリさん」

「楽しそうだな」

「そうやで。エリーはわいと遊んどるんやから、邪魔するんなら帰って」

ペンはなぜか対抗心をむき出しにして私の前に立ち塞がった。私は慌ててペンを抱き上げる。

「もうっ、失礼でしょ、ペン！」

「遊びを放棄するエリーの方が失礼やで～！」

リュウリは懐から出したものをペンに差し出した。ペンはそれのにおいを嗅ぐなり、溶けるようにして床に突っ伏した。

「はう～」

「ペン⁉」

驚いている私をよそに、リュウリはペンのお腹をなでている。

「またたびだ。竜酔花の成分に近いらしいな」

「なんやそれ～。ずるいやん」

ペンはごろごろしながらリュウリにあやされている。私はすっかりまたたびのとりこになったペンをよそに、リュウリにお茶を淹れた。リュウリは机に置かれた手紙をちらりと見る。

「姫様からの手紙なんです」

「ジンのことを聞いたか」

リュウリの方にも連絡が行っているみたいだ。

「おまえがいなかったら、俺もリードも危なかった。ありがとう」

「そ、そんな」

リュウリに笑みを向けられて、私はお盆で顔を隠した。たぶん今、首まで真っ赤になっているだろう。わざわざお礼を言いにきてくれるなんて……。いつもは邪魔してくるペンもまたたびでダウンしているし、実質ふたりきりだ。なにか言わないと。そう思って、気になっていることを尋ねてみた。

「リードの様子はどうですか」

「とくに異常はないように見える。うちにも竜医がいたらいいんだが」

カダルは病の床についているし、レイナスの人間だ。この国で竜医なんて、聞いたこともない。リュウリの視線を感じたので顔を上げると、「みてくれないか」と言われた。

「えっ、私がですか」

「おまえなら、リードも警戒しないだろう」

「でも、私……竜のことはよくわかりません」

なにせカダルはなにも教えてくれなかったのだ。

結局、竜の件は自然の摂理だったと判明したわけだし。これからは、開花が遅れた場合はその都度対処していくという話になったらしい。私も、野生の竜に手を加えることはよくないと思っている。

「せやで〜。なんせ、エリーは猫の気持ちもわからんのやからな〜竜なんて無理無理〜」

ペンが酔っ払いながらも茶々を入れてくる。とりあえず、解毒花のポーションを調合するということで話はついた。リュウリはお茶をひと口飲んだ後、立ち上がった。

もう帰っちゃうのか。残念だなあ。

がっかりしていると、リュウリがドアを出る前に振り返った。

「ああ、そうだ。週末の予定は？」

「はい？　いえ、ないです」

週末は帳簿の整理と掃除、それから新薬の開発と……。なんだか前世に生きていた時とほとんど変わらないような気がする。せっかく生まれ変わったっていうのに。勝手に落ち込んでいると、リュウリがこう続けた。

『赤の祭り』に来ないか」

「赤の祭り？」

「ああ。レイナスの件もあって、疫病を祓う祭りが開かれる。疫病を祓うのは赤がいいと民俗学者が提案したそうだ」

その祭りでは、なんでも赤の服を身に着けないといけないらしい。どうしよう。赤い服なんて持っていない……。いっそ断ろうか。でも……。私はちらっとリュウリを見た。

「あの、リュウリさんもそのお祭りに出るんですか？」

「ああ。俺は単なる王子の護衛だが」

「赤い服……着るんですか？」

「そうだな。なぜそんなことを聞く？」

単純に、見てみたいからだ。いつもは黒い騎士服だし。

「難しそうなら……」

私がもじもじしているのを見て、リュウリがそう言った。

「いえっ、こないだトランクを買った古着屋で探します！」

私はそう言って拳を握りしめた。リュウリは私の勢いに驚いている。

「そうか。じゃあ、祭りの夜に迎えにくる」

リュウリはそう言って帰っていった。私は急いで財布を手にし、古着屋へ向かった。


古着屋に到着した私は、カウンターに腰掛けた店主に近寄っていった。店主は鼻ぢょうちんを出して居眠りしていた。私は背伸びしてカウンターに手をかける。

「あのっ、すみません！」

「ふぁっ」

店主は飛び起きて、目をしょぼしょぼさせた。

「あー驚いちゃったよ。どうしたの、お嬢ちゃん」

「赤い子供服ありますか」

「子供服ぅ？　ないよそんなもの」

店主はそう言って、あくび交じりに立ち上がった。私は慌ててその後についていく。

「取り寄せとかできませんか⁉」

「そんな面倒くさいことしてないよ」

「そんな……」

「すみませんっ、行くところがあるので！」

「ほんと、驚いちゃったよ。客が来ることなんてめったにないからね」

私は店主の話を聞き流し、急いで店を出た。ギルド街の服屋を回ってみたが、どこに行っても赤い服は売り切れていた。やっと一軒だけ見つかったと思ったら予算オーバーで、とても手が届く値段ではなかった。


調合をしながらため息をついていると、ペンが声をかけてきた。

「なんやねん、いきなり飛び出していったと思ったら、ため息ついて」

「私って、タイミング悪いなと思って」

服が売りきれていた話をすると、ペンがやれやれと首を振った。

「もじもじしとるから遅れを取るんや。欲しいもんは奪い取ってでも手に入れるんやで。それが浮世を生きるすべや」

「そこまで欲しいわけじゃなかったし……」

というか、なんで私は猫に説教されているんだろうか。市販のものがないとしたら、あとは自分で作るしかない。でも私不器用だしな……。手持ちの服に、赤いケープでも羽織っていけばばれないだろうか。ケープくらいなら作れるかな。

私はプリオールでミシンを貸してもらい、ケープを縫った。奥さんが、赤ちゃんをあやしながら声をかけてくる。

「すごいわねえ、街中から赤い服が消えるなんて」

「祭りなんざで病が消えるわけもない」

作業をしていた旦那さんがぼそっとつぶやく。

「あの人、あんなこと言ってるけれど、真っ先に赤いおくるみ買ってきたのよ」

奥さんがささやくと、旦那さんが咳払いをした。私は赤いおくるみに包まれたマナを見て微笑む。

「かわいいですね」

「赤って、見てるだけで元気になるわよねえ」

たしかに、滅多に着ない色だけに、気分が上がる気がした。

祭り当日、私は縫ったケープと無地のワンピースを合わせた。青いリボンの君にもらったドレスを着られればよかったけれど、祭りの雰囲気から浮いてしまうだろうと思い、あきらめた。

ケープを着けた私を見て、ペンは珍しく、かわいいで〜と褒めてくれた。うれしかったので、こっそり隠しておいた猫缶すぺしゃるすいーとデラックスをあげた。これでご機嫌で留守番してくれるだろう。

迎えにきたリュウリは、私の格好をじっと見た。やっぱり変だったかな。おずおずと見上げると、リュウリが手を差し出してきた。

「行こう」

「じゃあね、ペン……あれ？」

振り向くと、ペンの姿がなかった。さっきまで、機嫌よくテーブルの下でうだうだしていたのに、どこにいったのだろう。まあいいか。どうせまたどこかをほっつき歩いているに違いない。猫はいいなあ、自由で。外に出ると、満月が浮かんでいた。

宮城の広場に櫓が組まれ、松明の炎が燃え盛っている。集まった人々が、櫓の上で披露される踊りを見ていた。踊り手は皆仮面をつけていて、動きがしなやかだった。神様に捧げる炎の精たちの踊り。踊りに魅入っていると、誰かが肩をつついてきた。視線を動かすと、ヨークが立っていた。

「ヨ」

ヨーク様、と言いかけたが、ヨークはしっと指を立て、私の手を引いた。彼は私を、みんなから離れた場所に連れていった。

「いいんですか？　リュウリさんが心配するのでは……」

「大丈夫だよ。ちゃんと言ってきたから」

彼はそう言って、揺れる炎の明かりを眺めた。

「綺麗だね」

「はい」

「僕は信仰心とか、あんまりないんだよね。神様に祈っても、辛いことってなくならないから」

ヨークはそう言って、目もとを緩めた。

「だけれど、あの踊りは綺麗だなって思うよ」

きっと、あの踊りの意味を考えたところでしょうがないのだ。綺麗だとか、素敵だと思うことが大事なのだ。それだけで、明日を生きていく力になる。ヨークとふたりで並んで踊りを眺めていたら、リュウリがこちらにやって来るのが見えた。ヨークは肩をすくめる。

「戻らなきゃ。エリーも行く？」

「いえ、私はもう少しここにいます」

ヨークはじゃあね、と言って歩いていった。ふと、視線を感じて振り向くと、視界の端に人影がよぎった。もしかして……青いリボンの君？

私は心臓を鳴らし、その人を追って歩きだした。背丈からして、男性だろうか。彼は広場から出て宮城の端へと歩いていく。私は思いきって、声をかける。

「あの！」

立ち止まった人物が、ゆっくりとこちらを向いた。月明かりに照らされていたのは、銀髪碧眼の青年だった。私は息をのんでその人を見つめる。

「あなた……」

どうしてこの人がここにいるのだろう。彼は微笑んで、私に手を差し出した。私は思わず、青年の手を取る。青年は私の手を引いて歩きだした。シノワ宮は水に浮かんでいる浮島の上に建っている。陸地から浮島へと向かう道はただひとつだった。

青年は浮島の桟橋へと歩いていき、つながれた舟に乗り込んだ。私も彼に続いて舟に乗り込む。ふたり分の重みを受けて、舟が揺れた。青年が漕ぐたびに、舟が前進する。

水面には、まんまるな月が浮かんでいた。どこからか舞ってきた花びらが、舟の周りに集まっている。幻想的な光景に、私はほうっと息を吐く。

「あそこから出て、大丈夫なんですか？」

私がそう尋ねると、青年はうなずいた。そうだ、この人は話せないんだった。私は懐からレシピ帳とペンを差し出す。彼は私から借りたレシピ帳にこう書いた。

「ずっと君のそばにいた」

ずっとって、どういう意味なんだろう。私はハッとして尋ねてみる。

「あなたが青いリボンの君……だったりしますか？」

そう尋ねたら、青年がキョトンとした。とぼけているのかしら？

私がじっと見つめると、彼はおかしそうに笑い出した。

その反応に、私はムッとした。

「なんで笑うんですか？」

青年は笑うのをやめて、頭の上で両手を立ててみせた。なんだろう？　うさぎ？　首をかしげていると、彼がため息をついた。なんだか落胆されている気がする。ふと、青年がぴくりと肩を揺らした。彼はじっと満月を見上げている。

「あの？」

おそるおそる声をかけると、青年がこちらを見て微笑んだ。彼がいきなり立ち上がり、舟から飛び降りたので、私はぎょっとした。慌てて水を覗き込もうとしたら、桟橋の方から声が聞こえてきた。

「エリー！」

そちらに視線を向けると、リュウリが立っているのが見えた。私はそちらに向かって叫ぶ。

「リュウリさん、人が落ちました！」

リュウリは上着を脱いで、水の中に入った。彼はこちらに泳いできて、「どういうことだ」と尋ねる。

「舟に乗ってた人が、いきなり飛び降りて……」

私も水に入ろうとしたが、溺れるだけだと止められた。たしかにそれはそうだ。彼はしばらく舟の周りを探していたが、怪訝そうな顔でこちらに泳いできた。

「誰もいない」

「そんなはずないです」

それからしばらく捜索したが、結局、謎の青年は見つからなかった。これじゃ、私が嘘をついているみたいだ。

岸辺にたどり着いた私は、リュウリに頭を下げる。

「すみません、濡れてしまって」

「それはかまわないが……なぜこんなところにひとりで？」

リュウリは濡れた服をしぼりながら尋ねる。

「いえ、もうひとりいたんです……」

私は困惑しながら辺りを見回した。リュウリも私の視線を追っている。ふと、なにかの影が動いた気がした。

「あっ、今誰かいました！」

急いでそちらに向かうと、リュウリが引き止めてきた。

「待て、不審者かもしれない」

しかしそこにいたのは、不審者でも青年でもなかった。へくしっとくしゃみをしたのは、丸々と肥った猫である。私はあきれた顔でペンを見た。

「ペン？　なにしてるの。びしょ濡れで」

「水浴びやで。水もしたたるいい男っちゅうやろ」

たしかに濡れているけれど、ふさふさの毛がへたっているせいで、むしろみすぼらしく見える。くしゃみを連発するペンを見て、私はため息をついた。濡れたペンの体を抱き上げて、リュウリを見上げる。

「連れて帰ります。風邪ひいちゃうし」

「そうか」

リュウリはそう言って、じっとペンを見た。ペンはふいっと目をそらす。一瞬沈黙が落ちて、リュウリが口を開いた。

「送っていこう」

「え、大丈夫ですよ。リュウリさんはお仕事があるでしょうし」

「せやで。エリーのことはこの勇者ペンが守るで、心配せんでええ」

ペンはそう言って胸を張った。なんでペンってリュウリと張り合うんだろう。もしかして、ヤキモチ……？　そう思ったら、なんだかかわいく思えた。くすくす笑う私を、リュウリとペンが不思議そうに見る。空に浮かんだ満月が、優しく三人を見下ろしていた。

終わり

あとがき

このたびは追放幼女二巻をお読みいただきありがとうございます。

今回二巻の執筆にあたり、アイデアがまったく湧かなかったので編集さんにテーマをいただきました。

旅ということで……正直地区とか森の詳細な位置とかなににも考えておらず、ノリで書いていたら案の定目的地の位置が変わったり、登場人物が逆走したり、昼が夜になったりしていました。

そんなこともあるよね。旅だし。

当初は旅の途中で様々な人に出会うハートフルストーリーを描く予定だったのですが、あまりにもエピソードが埋まらず、いろいろ変えていたら登場人物が無駄に増えてしまい、さらにはギスギスした感じになりました。

そんなこともあるよね。旅だし。

校正時点では、エピソードが多いので関連性を持たせた方がいいという指摘が入りました。

自分でもなんかごちゃごちゃしてるなと思ってたんですよ（なおせよ）。

旅だからいろんなことがあるよね。

キャンプ描写の参考にゆるキャンってアニメを見たんですがおもしろかったです。キャンプに詳しくなりましたがとくに小説に反映はされてません。

とにかくキャンプにはお金がかかるみたいです（大事なのはそこじゃない）。

よく小説の書き方の本に「ストーリーとは旅である」って書いてありますが、あれは本当です。たどり着けたら御の字。

とにかく書き終わったんだバンザーイ！

最後になりましたが、関係者の皆様、今回もご迷惑をおかけしてすみませんでした。

佐藤三（さとうさん）

追放したくせに、もう遅いです！
捨てられた幼女薬師、実は最強でした２

2021年7月5日　初版第１刷発行

著　者　佐藤三

発行人　菊地修一

発行所　スターツ出版株式会社

〒104-0031　東京都中央区京橋1-3-1　八重洲口大栄ビル７Ｆ

☎出版マーケティンググループ　03-6202-0386
（ご注文等に関するお問い合わせ）

https://starts-pub.jp/

印刷所　大日本印刷株式会社

ISBN　978-4-8137-9088-4　C0093　Printed in Japan

[佐藤三先生へのファンレター宛先]
〒104-0031　東京都中央区京橋1-3-1　八重洲口大栄ビル７Ｆ
スターツ出版（株）　書籍編集部気付　佐藤三先生

ベリーズ文庫